인생 따위 엿이나 먹어라

JINSEI NANTE KUSOKURAE
by MARUYAMA Kenji

인생 따위 엿이나 먹어라

마루야마 겐지

김난주 옮김

바다출판사

차례

1장

부모를 버려라, 그래야 어른이다

애당초 이 세상에 나란 존재가 이런 형태로 있다는 것을 어떻게 생각하는가.

지극히 불합리하고, 지극히 부조리하다고 생각지 않는가.

이렇듯 가엾은 목숨을, 과연 예수나 부처가 자비를 베푼 성스런 선물이라 할 수 있을까.

거기에 나의 의지가 털끝만큼이라도 작용했다면 모르겠는데, 이 육체도 이 성격도 내가 선택한 것이 아니다. 거의 모든 것이 조상에게서 물려받은 유전자에 따라 정해진 외적 조건에 불과하지 않은가.

요컨대 우리 인생은 외부로부터 강요된, 이치구니없는 조건에 안주할 수밖에 없는 실로 악랄한 것이다. 그러니 사실은 "이런 나는 내가 아니야!" 하고 고함을 지르고 반발하면서 고스란히 내던져 버려도 이상하지 않을, 웃기는 처지인 것이다.

생각한들 어떻게 되는 것이 아니니 그냥 내버려 둘 수밖에 없다는, 지금까지 대부분 사람을 지배해 왔던 체념에 그대로 주저앉아도 좋은가.

정말 그래도 좋은가.

아니, 그렇지 않을 것이다.

모순에 찬 세상을 살아가기 위한 기본 중의 기본인 이 문제를 회피하고서는 아무리 고뇌해 본들 별다른 소용이 없다. 온갖 쾌락에 젖는다 해도 고뇌를 떨쳐 버릴 수 없다.

동서고금의 천재적인 철학가들이 이것도 아니고 저것도 아니라며 머리를 쥐어짜고도 명확한 해답을 얻지 못했는데, 우리 같은 보통 사람에게서 무슨 결론이 나겠느냐는 흔하디흔한 단정도 좋지 않다.

왜냐하면 얼토당토않은 명제에 명확한 결론을 내리는 것이 목적이 아니라, 이 문제를 똑바로 인식하고 자기 나름으로 생각해 보는 데 의의가 있기 때문이다.

그렇게 해 보느냐 마느냐에 따라, 이후의 마음가짐과 인생이 전혀 다른 모습으로 전개되기 때문이다.

이렇다 할 이유가 없는데 마음에 어둠이 깃들거나 몸이 갈가리 찢겨 나가는 듯한 비극에 직면했거나 목숨이 위험에 처했을 때, 방에 틀어박혀 자기 속으로 침잠할 수밖에 없는 비참함을 겪지 않기 위해서라도 '생의 원점'에 대해 생각해 볼 필요가 있다.

그것도 가능한 한 빠른 시기에. 세상 물정을 알게 되면 곧바로.

물론 늦어도 상관없다. 생각하지 않는 것보다는 낫다.

그 점에 대해 한 번도 생각하지 않고 별 탈 없이 어린 시절과 청소년기를 지나온 젊은이도, 사소한 계기로 고민은 해 보았지만 너무도 어려운 문제라는 것을 깨닫고는 깨끗하게 포기해 버린 사람도, 이 씁쓸한 주제에 다시금 도전해야 할 것이다. 그럴 만한 가치는 지나치리만큼 많다.

이 무겁고 성가시고, 다소 우스꽝스러운 문제를 새삼 생각하려면, 뜬구름 잡듯 할 것이 아니라 구체적인 실마리를 찾아 최대한 현실적으로 고민하는 편이 좋을 것이다. 그래야 이 허접한 세상을 대하는 자세가 바뀔 확률이 커진다.

부모란 작자들은 한심하다

그런 관점에서 우선은 나를 이 세상에 태어나게 한 부모에 대해 생각해 보자.

무엇보다 이 골치 아프기 짝이 없는, 절대 기뻐할 수만은 없는 목숨을 이어 받은 것은 오로지 부모 때문이다. 그들 탓에 이런 신세가 되었다는 당연하면서도 엄연한 사실을 절대 외면해서는 안 된다.

이 기회에 부모가 있기에 나도 있다는, 너무도 감정적이고 국가 권력이 두 손 들고 반가워할 도덕적인 규범에서도 벗어나기로 하자.

그것은 개인의 자유라는 최대의 존엄성에 크나큰 손

상을 입히고, 악랄하고 뻔뻔한 사회와 전통, 국가, 종교, 학교에 의해 세뇌된 생각일 뿐이다.

멀쩡한 젊은이가 언제까지 이런 사고에 젖어 있을 것인가. 그래서는 안 된다. 부모가 있기에 나도 있다는 발상은 국가가 있기에 국민도 있다는 말도 안 되는 논리와 직결되는 최대 악이다. 나아가 개인의 자유를 말살하는 맹독이다.

그렇다면 부모는 왜, 아무 망설임 없이 자식을 만든 것인가.

이 세상에 새로운 생명을 내보낸다는 더없이 중대한 문제에 대해 제대로 고민하지 않고 다짐이랄 것도 없는 안이한 생각으로 결정한 것인가.

자신이 태어나기를 참 잘했다고 생각해, 자식에게도 그런 감동을 경험하게 하려 한 것인가.

만약 그렇다면 참으로 한심한 부모다. 머리에 썩은 된장이 꽉 차 있는 것이나 다름없다. 자기가 행복했다고 자식도 그러리란 법은 없다는 단순한 생각도 못해서야 대책이 없다. 요컨대 자기중심적이고 어리석다.

그들은 대체 어디에다 생각을 두고 살고 있는 것인가.

세상과 세계를 똑바로 쳐다보고는 있는가.

신문이나 텔레비전도 보지 않는다는 말인가.

태어나 보니 지옥 아닌가

이 세상이 비극과 참극으로 얼룩져 있다는 엄연한 사실을 모를 리 없을 것이다. 부모 자신이 다소나마 행복을 누렸다면 그건 그저 우연이다. 그 행복이 평생 계속되리라는 것은 어리석은 자의 전형적인 착각에 불과하다.

2011년 동일본대지진과 원전사고만 잠시 생각해 봐도 그렇지 않은가.

우주의 전체 얼개는 아직 밝혀지지 않았다. 하지만 우주가 인간을 위해 존재하고 사랑과 선의로만 가득한 삼차원이 아니라는 것은 그 옛날에 증명되었다. 살아 있는 것의 역사는 곧 재해의 역사와 다르지 않다.

생명 따위는 아무렇지도 않게 여기는, 조건만 갖춰지면 가차 없이 말살하려는 피도 눈물도 없이 냉혹하고 거대한 공간. 이것이 우리가 살고 있는 유일무이하고 어디 숨을 곳 하나 없는 세계다.

결론부터 말하자면, 항간에 떠도는 지옥이란 바로 이 세계를 뜻하는 말이다.

우리는 태어나 죽을 때까지 지옥에서 살아갈 운명에 처해 있다.

이런 세계에서 인간처럼 복잡하고 섬세한 생물이 존재할 수 있는 기간은 그리 길지 않다. 기온이 오르내리는 하찮은 외적 변화 하나에도 제대로 대응하지 못해 언제나 멸종과 파멸이라는 아주 위태로운 상황에 처해 있다는 것을 다시 한 번 머리에 새길 필요가 있다. 즉, 무슨 인과응보에서인지 지옥에 태어나고 말았다는 것을 철저히 인식해야 할 것이다.

오늘날까지 인간은 온갖 지혜를 쥐어짜 문명을 일으켜 왔지만, 그럼에도 웅덩이에 우글거리는 장구벌레와 다를 바 없는 허망한 존재라는 사실은 조금도 달라지지 않았다. 물이 다 말라 버리거나 커다란 행성이 떨어지면, 기온이 오르거나 내려가면, 다른 물질에 오염되거나 천적에게 먹히면, 그대로 인생이 끝나 버리는 너무도 연약한 생명.

그런 데다 전쟁이라는, 그 연약한 생명이 서로에게 총부리를 겨누는 어리석은 행위가 아직도 끊이지 않는다. 문명이 듣고는 혀를 찰 일이다. 지적 생명체라는 것이 이 꼴이다. 이 세상에서 가장 추악한 생물이 버젓이 번성하고 있다.

대체 이 무슨 세상이란 말인가.

이것이 살 만한 가치 있는 세상인가.

이것이 자식에게 남겨 줄 만한 세상인가.

이것이 바라던 공간인가.

별생각 없이 당신을 낳았다

부모들의 무심함에는 그저 기가 찰 따름이다. 관찰력도 사고력도 없는, 거의 동물에 가까운 생물이 인간의 꼴을 하고 있을 뿐이다. 그들이 판단력이라는 것을 약간이라도 갖고 있다면, 이런 잔혹한 세상에 자식을 내보내는 무자비한 짓을 저질렀겠는가.

그들은 아마 결혼이나 취직처럼, 별다른 생각 없이 자식을 낳았을 것이다. 단순히 어엿한 사회인으로 인정받고 싶거나 자식을 얻은 부모의 기쁨이라는 본능에 이끌려서 또는 문화를 전승하거나 자신의 존재를 재인식하고 싶어서 등의 상당히 막연하고 안이한 이유로 결정했을 것이다.

그렇지 않다면 조상 대대로 이어 온 가업이나 경제적으로 풍족할 수 있는 일을 물려받게 하기 위해, 어디까지나 계산적으로 자식을 만들었는지도 모를 일이다. 그렇다면 그 또한 한심한 부모가 아닐 수 없다. 태어나기 전부터 자식의 기본적인 인권을 빼앗은 셈이 아닌가. 직업 선택의 자유를 무시한 것인데, 이는 부모가 자식의 결혼 상대자를 멋대로 정하는 것과 조금도 다르지 않다.

만약 이런 상황에 처한 자가 있다면, 지금 당장 부모

를 떠나야 할 것이다. 아무 배경 없는 자신으로 돌아가 처음부터 다시 생각해야 한다. 부모의 기대를 저버리는 일에 두려움을 느끼거나 주저함이 있다면, 그것은 어렸을 때부터 부모를 포함한 가정환경에 세뇌되어서다. 그런 생각 안에는 진정한 자신이 존재한다고 볼 수 없다. 그 때문에 자아가 없는 인생을 보내게 되는 것이다.

그렇게 사는 것이 어떤 의미에서는 편할지도 모른다. 그러나 자기 인생을 제대로 살고 있느냐는 의문에 시달릴 때는 확신에 찬 대답을 절대 얻을 수 없다. 기껏해야 소화가 덜 된 결론밖에 나오지 않는다.

맨몸으로, 백지 상태에서 처음부터 인생을 다시 시작할 수 없는 자는 설령 부모 못지않은 공적과 업적을 남겼다 해도, 또 세상이 그를 제아무리 칭찬한다 해도, 마음 한편에는 일생을 절반밖에 살지 못했다는 돌이킬 수 없는 후회가 눌어붙게 될 것이다.

낳아 놓고는 사랑도 안 준다

그런가 하면 외로움이나 허망함을 달래기 위해 애완동물 대신 자식을 낳아 키우는 부모도 적지 않다.

모성인지 부성인지 모르겠으나, 이런 본능 덕에 태어

난 자식은 분통이 터질 일이다. 부모의 기대에 부응할 수 있는 귀여운 아이로 태어났다면 몰라도, 그렇지 않은 경우에는 어린 시절과 청소년기를 처절하게 보내야 한다. 아직 어린 마음에는 그것만으로도 상처가 된다.

그러다 끝내는 부모에게 버림받을 가능성이 크다. 이는 남의 집 현관 앞이나 백화점 화장실에 버려지지는 않았을망정, 함께 살면서 부모가 자식을 포기하는 상태를 이르는 것이다.

애완동물 같은 귀여움이나 우등생이 될 가능성이 없어 보이면 자식을 완전히 포기하는 부모가 적지 않다. 그렇게 버려진 자식은 상당히 큰 타격을 받을 뿐만 아니라 후유증까지 앓는다. 부모가 딱히 냉혹하게 대하는 것은 아니고, 자식을 생각하는 마음이 좀 식어 버린 정도일지라도, 당사자는 그 마음을 본능적으로 느끼고 충격을 받는다. 그러고는 사회에 나가기도 전에 인간을 불신하고 삶을 증오하게 되는 것이다.

이들은 혼란스러워 하면서도 부모의 애정을 어떻게든 되찾기 위해 눈물겨운 노력을 거듭하고, 부모의 마음에 들 만한 일은 하나에서 열까지 다 해내려 한다.

그러나 애정을 되찾기는 쉽지 않으니 점점 더 제 무덤만 파게 되고, 부모는 더 멀어질 뿐이다. 그렇게 되면 이제 자기는 할 수 있는 일이 전혀 없다느니, 아무도 나를 사랑해 주지 않는다느니, 세상을 믿을 수 없다느니 하는 단편적인 결론을 내리고, 그런 생각 때문에 더욱 궁지에 몰린다. 자신에게도 일부 책임은 있다는 것을 인정하고 싶지 않은 탓에 세상과 부모와 선생에 죄를 넘겨씌우고, 유치하기 짝이 없는 폭력을 휘둘러 원망을 해소하려 하거나 자기를 드러내 놓고 과시하려 하며, 무관한 사람까지 아무렇지 않게 끌어들이는 자멸의 길로 추락하고 만다.

시대착오적인 부모가 너무 많다

자식을 키우는 기쁨은 무엇과도 바꿀 수 없다는 말은 언뜻 사랑이 넘치는 바람직한 것으로 여겨질지도 모른다. 또 자연의 섭리를 따르는 일이니 당연하다는 인상도 풍길 수 있다.

하지만 어차피 그것은 부모의 동물적인 이기심에 지나지 않으며, 사상이나 사고와는 동떨어진 본능 그 자체에 좌지우지된 끔찍한 결과일 뿐이다. 신이 주신 목숨이라는 그럴싸한 말로 해결될 일이 아니다.

그런데 이런 유형의 부모가 가장 많다. 그래서 인류가 이렇듯 존속해 온 것이고, 다종다양한 비극을 거듭

해 온 것이다.

가장 악질적인 경우는 자식을 이용해 이득을 취하려는 부모. 자신의 노후를 책임지게 하고 보살핌을 받고 싶어 자식을 낳는 부모.

그런 부모는 애당초 부모라 할 수 없다. 자신을 위해 자식을 희생시키는 부모는 남보다 훨씬 못한, 악마나 다름없다.

그들은 인간이랄 수도 없다. 부모도 아니거니와 인간도 못되는 사람을 부모로 알고 사는 자식은 부모의 인생을 살 수밖에 없으며, 그렇지 않으면 부모 인생의 빈틈을 메우는 도구로 사는 신세가 되고 만다. 부모 수족의 일부에 불과했다는 것을 깨우쳤을 때 이미 자신의 인생은 완전히 파멸의 구렁텅이에 빠져 끝나 있다.

부모란 이렇듯 애매모호한 존재다.

부모의 사랑에 거짓이 없다고 믿는 것은 부모 자신뿐이다.

인간이 아닌 동물들이 새끼에게 보이는 대가성 없는 사랑의 정반대 지점에 있는 이기적인 사랑. 안타깝게도 그것이 바로 인간이라는 부모가 보이는 사랑의 진실이다.

오로지 자식을 어엿한 성인으로 키우는 것만이 목적인 부모는 너무도 적다. 더 나아가 이제 어른이 되었으니 앞으로는 네 힘으로 살아가라고 진지하게 가르치고, 자신들은 어떻게든 살아갈 테니 네 인생에만 집중하라고 충고하고 또 그렇게 되기를 진심으로 바라는 부모는 더욱 적다.

부모의 희생물로 자신의 인생을 망치는 자식이 얼마나 많은가.

그러다 못해 자기 부모와 똑같은 부모가 되고 마는 자식은 또 얼마나 많은가.

그러니 그런 인생을 당연시하는 한, 진정한 자신과 조우할 수 없고 진정한 인생을 살 수도 없다.

이런 시대착오적인 사고는 자식에게 아무런 도움이 안 될 뿐만 아니라 부모 자신에게도 좋지 않다. 이 세상에 존재하는 불안을 해소하고 싶어서 서로 언제까지나 들러붙어 있는 관계를 청산하지 못하면, 부모와 자식은 거짓 사랑과 겉만 번지르르한 정에 얽매여 다 같이 무너지는 비참한 결말을 맞을 수밖에 없다.

그러니 이제, 원하는 직업도 얻지 못하고 연애도 결혼도 하지 못한 채 오직 부모에게만 헌신하는 인생이 얼마나 어리석고 파국적인지를 자각할 필요가 있다.

부모와 자식이 좀 더 빨리 서로의 길을 걸었다면, 양쪽 모두 사는 기술을 일찌감치 체득해 이런 비참한 결과는 맞지 않았을 것이다. 그저 서로에게 의지하고 어리광을 피우는 관계는 진정한 부모 자식 사이라 할 수 없다.

그러니 당장 집을 나가라

자식은 언젠가는 부모를 떠나지 않으면 안 된다.

그러지 않으면 나이를 먹어 육체가 어른이 된다 한들, 정신은 미숙한 그대로다. 정신이 성숙하지 않은 자를 어른이라 할 수 없으니, 그런 상태로 이 가혹하고 험난한 세상을 제대로 살아간다는 것은 불가능하다. 가정이 유복하다 해도, 대인관계나 연애 같은 금전 이외의 문제에 대처하지 못하는 탓에 두 번 다시 헤어날 수 없는 전락을 맛보게 된다.

가정환경이 어떻든지, 부모가 착실한 사람이든 다소 병약한 몸이거나 소극적인 성격이든, 자식은 아무튼 학교를 졸업하면 당장 집을 나가야 한다. 그 시기는 빠를수록 좋다. 그럴 수 있느냐 없느냐에 인생의 모든 것이 달려 있다.

죽음이나 다름없는 삶을 살 것인가.

또는 한 치의 거짓 없는 진정한 삶을 살 것인가.

가정 사정 따위에 일일이 휘둘리고 부모의 우는 소리

를 귀담아 들으면 집을 나갈 수 없다. 결심이 섰다면 전부 무시해야 한다. 부모를 위해서도 그렇게 해야 한다.

학생 신분이 끝나면, 앞으로 어떻게 살아갈 것인지 아직 정하지 못했더라도 부모에 의존하는 생활을 과감하게 떨치고 미련 없이 집을 떠나는 것이다.

그러지 못할 이유는 하나도 없다.

가족회의도 필요 없다.

어디까지나 스스로 결심하고, 스스로 길을 결정하고, 자신의 의지로 집을 나가는 것이다. 그것이야말로 자식의 의무이며, 다른 것은 전혀 필요치 않다.

아직 구체적인 인생 설계가 세워지지 않았어도, 당분간 상황을 지켜보겠다는 구실을 둘러대며 단 하루일망정 집에 머물러서는 안 된다. 그때까지 목표를 정하지 못한 자는, 어찌되었든 집을 나선 후에 앞일을 생각한다. 가출이나 다름없어도 전혀 상관없다. 이 경우의 망설임은 목숨을 해칠 수도 있기 때문이다.

그 정도로 결심이 굳세지 않으면 평생 부모에게 묶여 살 수밖에 없다. 자신에게 잠재된 능력을 최대한 발휘할 수 있는 기회를 철저하게 빼앗기고, 사는 참맛을 모르고 죽는 날을 맞게 될 것이다.

부모란 울고 매달리는 데 명수라는 사실을 잊지 말아야 한다.

부모는 자기밖에 염두에 없다는 것도 명심해야 한다.

부모는 자식을 집에 묶어 두기 위해서라면 어떤 말이든 하고 그 어떤 수치스러운 짓도 태연하게 한다. 사회로 나가 봐야 고생만 할 뿐이다, 집에서 살면 집세를 내지 않아도 되고 밥값도 들지 않고 청소나 빨래를 하지 않아도 된다, 게다가 집만큼 마음 편한 곳이 어디 있느냐고 말한다.

그런 달콤한 말에 넘어가면 애써 다진 결의가 흐지부지되고, 그 다음에는 편하게 사는 것만 지향하는 무기력하고 무능한 인종으로 전락해 끝내는 부모와 집에 혼마저 압살당하는 신세가 된다.

집을 떠난다는, 인생 최대의 전환이며 필연적이고 숭고한 행위에 대해서는 이성적으로 접근해서는 안 된다. 왜냐하면, 아침이 되면 눈을 뜨고 배가 고프면 밥을 먹는 것만큼이나 자연스러운 행위이기 때문이다. 그렇게 하지 않으면 평생을 잠든 채 사는 꼴이 되고, 그 결과는 굶어 죽는 것이다.

육체적인 죽음보다 훨씬 가혹한 것이 이런 형태의 정신적인 죽음이다.

정신적인 죽음이란 살아 있는 주검을 뜻하고, 그렇게 되면 아무리 나이를 먹어 봐야 살아가는 충만감은 얻을 수 없다. 오래 살아 봐야, 그 눈이 기쁨으로 빛나는 일은 없다.

어딘지 모르게 음울한 분위기가 감도는 사람들에게 이 세상은 무의미한 사건들로 가득하고, 놀고먹다 보면 지나가는 것에 불과하다. 그들의 가슴을 무겁게 짓누르고 있는 것의 정체가 부모와 자식 간의 비정상적인 연대라는 것을 알았을 때는, 이미 다 늙어 꼬부라진 후이다.

집을 떠난다는 것은 제2의 탄생을 뜻한다.

제1의 탄생은 하나에서 열까지 모두 부모 의지에 따른 것이지만, 제2의 탄생은 그 전권을 자식이 쥔다.

이 때문에 인생 최대의 사건이며 한없이 위대한 행위일 수 있는 것이다.

그리고 그것은 진정한 삶을 쟁취하느냐 마느냐의 분기점이기도 하다.

성인이 되었다는 표식은 집을 나가는 것이다.

요컨대 집을 떠나는 것이 성인식인 셈이다.

그러니, 부모를 버리는 것이냐, 기댈 사람은 너밖에 없는데, 하는 유의 비난과 애원과 정에 이끌려 판단해서는 안 된다. 행여 양심의 가책을 받았다 해도, 그것은 진정한 양심에서 우러나왔다 볼 수 없으며, 부모나 국가에 유리한 형태로 조작된 도덕 등의 독을 먹어 발생한 경련에 불과하다.

마음을 굳게 먹어야 할 때가 있다면, 바로 그때다.

자식은 집을 떠남으로써 진정한 인생을 만끽하는 데 꼭 필요한 자립과 자율의 정신을 키울 수 있고, 부모 또한 늦게나마 부모의 진정한 의무가 무엇인지를 깨닫게 된다.

이렇게 양쪽이 진정한 부모 자식 관계가 무엇인지를 깨우치고, 서로 돕고 사는 것이 인간의 도리라는 안이한 근성을 버려야 타인이 아닌 오직 자신을 의지해 사는 올바른 삶을 살 수 있는 것이다.

집 안 나가는 자식들은 잘못 키운 벌이다

물론 반대인 경우도 있다.

경제적인 사정이 있거나 자식의 장래가 어둡거나 체면이 안 서거나 키울 만큼 다 키운 탓에 귀찮아서 등의 이유로 부모가 자식이 집을 나가 줬으면 하고 바라는 경우도 적지 않다.

그런데 이 경우 부모 마음과는 달리, 그때까지 보살핌 속에 살아온 탓에 자식은 집을 떠날 마음이 전혀 없다. 학생 신분에서 벗어났는데도 당연하다는 듯이 집에 빌붙어 산다. 돈벌이도 하지 않고 그러고 있다가 급기야는 방에 틀어박혀, 모습은 인간이나 인간이 아닌 골치 아픈 괴물로 변해서는 화목하기로 평판이 자자했던 가족을 송두리째 파멸의 길로 몰고 간다.

그 책임은 오로지 부모 쪽에 있다. 요는 잘못 키운 것이다. 거의 동물적인 존재인 아이의 응석을 한없이 받아 주면 그 결과가 어떻게 되는지는, 새끼 강아지를 그런 식으로 길러 보면 금방 알 수 있다. 감당할 수 없는 어른이 되고, 성견이 되지 못할 것은 불 보듯 뻔하다. 사람답게 성장시키려면, 부모가 자식의 동물적인 요소를 제거해 주지 않으면 안 된다. 그런데 대부분의 부모 역시 동물적이니 동물적으로밖에 키울 수 없고, 그 결과로 자식 역시 동물적인 상태로 어른이 되고 마는 것이다.

이 심각한 문제를 해결하려면 자식 쪽에서 인간다운 자각이 자연발생적으로 움터야만 한다. 요컨대 집을 떠날 사소한 계기나 아주 우연한 기회를 기다리는 수밖에 없다.

하지만 그럴 확률은 지극히 작으니 그들은 부모가 죽을 때까지, 아니 죽고 난 후에도 절대 집을 떠나지 않는다. 어쩌다 무슨 변덕으로 집을 떠났다 해도, 언젠가는 다시 돌아오고 만다.

그들에게는 말이 필요 없다. 말을 듣지 않아도 살 수

있도록 자랐기 때문이다. 이제는 강제로 쫓아내는 수밖에 없다.

그러나 부모가 그 모양이니 쫓아낼 용기도 없다. 용기가 없어 돈으로 해결해 주는 전문가나 시설에 의뢰해 봐야 문제만 더 복잡해진다. 최악의 경우, 부모는 자멸하는 자식의 동반자가 되고 만다.

그런 자식의 노예가 되어 벌벌 떨면서 하루하루를 사는 부모가 해마다 늘고 있다. 자식이 자립할 기회를 빼앗은 대가를 부모가 치르는 이 비극은 자립을 원치 않았던 부모에게도 상당한 문제가 있었기 때문에 발생한 것이다.

집을 떠나는 행위는 탈피(脫皮)와 흡사해서 아무래도 고통이 따른다.

그러니 모진 결심이 필요한 것이다. 이때 실로 효과적인 말이 있다.

"인생 따위 엿이나 먹어라!"

그렇게 고함을 지르면, 신기하게도 결심이 딱 굳어진다.

2장

가족, 이제 해산하자

감정을 지나치게 중시한 나머지, 감정의 풍파에 휘청거리다 급기야 무릎을 꿇고는 도무지 앞으로 나아가지 못하는 자에게 정신을 기대하는 것은 우선 무리다.

올바른 행동의 규범이 되는 정신을 기대할 수 없는 자는 인간의 꼴을 하고 있을 뿐, 고뇌하면서도 다시 정신을 가다듬고 살아가는 참인간이라 할 수 없다.

따라서 감정이 대표적인 인간의 특징이라는 말은 명백하게 잘못되었다 하지 않을 수 없다.

그런데도 이렇게 믿는 사람이 기이할 정도로 많다.

감정을 요리에 비유하자면, 간을 맞추는 소금이라 할 수 있겠다. 사람답게 살려면 그만큼 중요한 요소이자 조건인데, 그렇다고 소금만 있어서야 곤란하다. 그 양도 문제다. 염분을 과도하게 섭취하면 건강을 해치는 것처럼, 감정 과잉 역시 독립적인 정신이 형성되는 것을 방해한다. 최악의 경우에는 정신뿐만 아니라 영혼마저 내던지는 지경까지 내몰릴 수도 있다.

가족은 일시적인 결속일 뿐이다

사회가 안정되면서 부모 자식이 사이좋게 붙어사는 것을 참된 사랑이라 여기는 풍조가 만연해 있다. 개인

주의의 확대로 더욱 강력해지고 있으나, 타인의 눈에는 기이한 인상만 줄 뿐이다. 이런 관계에서 온갖 불행이 싹튼다.

요컨대 기이하게 보일 만큼 긴밀한 부모 자식 관계가 서로의 성장을 방해하는 것이다. 유치하다 못해 문제 해결 능력이 없어 타율적인 존재로 전락해 가는 그들은 해마다 깊어지는 불안에 쩔쩔맨다. 하지만 어떻게 할 방법은 없으니 그 답답함과 짜증스러움이 사랑을 증오로 타락시키고, 서로에게 깊은 상처만 준다.

가정이 추악한 꼴로 붕괴되기 전에, 가족은 아름다운 꼴로 해산해야만 한다.

가정이나 가족은 어디까지나 일시적인 결속에 지나지 않는다. 언젠가 부모는 부모의 세계로, 자식은 자식의 세계로 돌아가야 하는 것이다. 각자의 세계로 돌아가는 것이야말로 자연스럽고 건전한 숙명이다. 동물은 모두 그렇게 함으로써 삶의 건강함을 유지하고 있다.

그러니 한없이 정에 매달리느라 그 시기를 놓쳐서는 안 된다. 기회를 놓치면 지극히 위험하다.

요컨대 인간이 되느냐 되지 못하느냐는 부모와 집에서 얼마나 빨리 벗어나느냐에 달려 있다.

일단은 부모를 버린다. 집을 버린다.

이후 세상 풍파를 겪으면서 그런대로 쓸 만한 인간이

되었을 때, 경제적으로 약간의 여유도 생겼을 때, 집과 부모를 돌아보고 어떤 관계를 맺는 것이 옳은지를 생각한다.

뒷짐 지고 있을 수만은 없는 상황이 아닌 한, 자신이 지금까지 쌓아 올린 인생을 헛되이 날리면서까지 부모에게 정성을 다하는 일은 절대 하지 않는다. 절대로.

설령 부모 몸이 여기저기 고장 났어도 혼자 움직일 수 있을 정도라면 멀찍이에서 지켜보는 정도면 된다.

늙은 부모가 마음이 약해졌다고 해서 다시 동거하는 것은 절대 금물이다. 이는 원래 자리로 돌아가는 것이며, 그때까지의 노력을 물거품으로 만드는 일이다.

부모를 버려라

요즘 젊은이들은 부모를 버리고서도 태연하다는 노인네들의 투정을, 혹시라도 귀담아들어서는 안 된다. 미안해 해서도 안 된다.

부모들이 그 나이가 되도록 살아온 것은, 징징거리며 우는 소리로 자식 인생을 망치기 위함은 아니었을 터이다.

그들은 자기 힘으로 자기 하나 어쩌지 못하는 경박한

인간이 되려고 경험과 체험을 쌓았다는 말인가.

그들은 지금까지 대체 무슨 생각을 하며 살아온 것인가.

그렇게 태연하게 이기적인 투정을 부리는 부모는 그저 부모라는 의미밖에 없는 거짓 존재일 뿐, 오래 산 가치가 있는 참된 부모와는 다른 생물이다. 남남보다도 못한 한심한 피붙이다.

일 년 내내 자기중심적으로 생각하는 그들의 허접한 연극에 속아 넘어가서는 안 된다.

'자식을 생각지 않는 부모는 없다'는 말이 입에 붙은 그들의 실체는 교활함 자체이다. 그저 낳았을 뿐인데, 자식을 소유물로 간주한다. 자신을 위해 존재하고, 또 자신을 위해 이것저것 보살피는 편리한 가정부라 착각한다. 이 때문에 학교며 직장이며 결혼 상대며, 하나에서 열까지 모든 것이 자신이 깔아 놓은 레일 위를 달려야 마땅하다고 믿는 것이다. 이렇게 진저리가 나도록 뻔뻔한 부모는 아무리 타당한 논리를 내세워도 통하지 않는다.

그럼에도 할 말은 분명히 해야 한다. 하고 싶은 말이 있는데 입을 꾹 다물고 있으면, 그들의 태도를 더욱 조장하고 부모 입장이 절대적이라는 자세를 더욱 굳건하게 하는 결과를 낳는다.

합리적인 말이 합리적으로 통하는 부모 자식 사이가 되기를 바란다면, 진심을 털어놓고 부딪쳐야 한다. 핵심을 건드리지 않는 것은 가족을 남으로 취급하는 행위이고, 그것은 오히려 냉정한 처신이다.

상대에게 상처를 주고 싶지 않다, 나 역시 상처를 받고 싶지 않다는 이유로 속을 내비치지 않는 것은 배려 따위가 아니다. 비겁한 것일 뿐이다. 비겁한 것과 배려를 혼동한 채 그냥 내버려 두면 끝내는 인내의 한계를 넘어 폭발하는, 도저히 수습할 수 없는 결과를 초래하고 만다.

남남끼리라면 몰라도 적어도 부모 자식 간에는, 울분을 터트리는 신경질적인 말투가 아니라 날씨 얘기라도 하듯이 가볍고 밝게 서로 하고 싶은 말을 나눌 필요가 있다. 욕설이나 고함으로 속내를 털어놓는 것은 어린아이들이나 하는 짓이다.

그저 허전하다는 이유로 자식을 꼭 껴안고 싶어 하는 부모에게는, 넌지시 이렇게 말하며 밀쳐 내면 된다.

"그러면 서로에게 좋지 않습니다. 자기 인생은 있는 힘껏 혼자서 사는 게 좋아요."

그러면 부모는 이때다 하고서 은혜를 모르는 자식이

라는 듯이 이런 반론을 펼칠 것이다.

"아니, 그게 무슨 돼먹지 못한 소리야. 혼자서 큰 줄
아나 보구나. 기저귀를 갈아 준 게 누군지 잊은 거야?"

부모는 은혜라는 것을 방패 삼아 맹렬하게 퍼부어 댄
다.

"나는, 낳아 달라고 한 적 없습니다."

자식은 또 자식대로 이런 말을 마지막 카드로 내민다.
양쪽의 주장은 대개 평행선을 그린다. 굳이 우세한
쪽을 말하자면, 자식이다. 왜냐하면 부모의 논리는 앞
뒤가 맞지 않거니와 도리에도 어긋나기 때문이다. 자
신들의 판단으로 부모가 되었다는 사실은 어떻게 항변
한들 뒤바꿀 수 없다.

부모가 이해를 하든 못하든, 하고 싶은 말을 다 했으
면 단호하게 부모를 떠나야 한다. 그렇게 하지 않으면
우는 소리에 홀딱 넘어갈 위험성이 커진다. 왜 이렇게
간단한 이치도 모를까 하는 답답함은 차후에 해결하든
지, 아니 그 문제는 두 번 다시 언급하지 않겠다고 결
심하고는 미련 없이 자신의 세계로 떠나가야 한다. 그

러는 편이 서로에게 좋은 결과를 가져다준다는 것은, 흐르는 시간이 언젠가는 가르쳐 줄 것이다.

그런데도 지지부진한 상황이 정리되지 않는다면, 경우에 따라서는 부모 자식 관계를 딱 끊어야 할 것이다. 이제 이것으로 끝이라는 생각이 들었을 때 과감하게 결단을 내려야 한다. 다소 양심에 찔리더라도, 그것이 야말로 지혜로운 결단임을 의심해서는 안 된다.

어떤 부모이든 부모임에는 틀림없다는 고리타분하고 감정적인 논리에 굴복해 버리면, 그 순간 서로의 인생은 숨통이 끊기고 만다. 부모 자식이 다 함께 타고 남은 재 같은 가엾은 인생을 살게 된다.

자신을 직시하고, 뜯어고쳐라

부모와 자식은 운명적인 필연성이 있는 관계가 아니다. 혈연이라는 사실을 지나치게 의식하는 것은 위험하다. 이 애매모호함이 파탄의 원인이 된다. 아무리 부모 자식 간이라 해도, 결국은 개별적인 존재이며 각자 수명을 따로 지닌 타자이다.

즉 부모는 자신의 인생을 전적으로 책임져야 마땅하다. 자식에게 그 일부를 지우려는 생각은 추악하기 짝이 없다.

그것은 자식 역시 마찬가지다.

자식은 우선 자신이 어떻게 키워졌는지를 정확하게 파악해야 한다. 그래서 성격이 어떠한지를 분명하게 인식할 필요가 있다. 이 기본적인 사항을 파악하려 하지 않거나 게으름을 피우고 외면하려 한다면, 이후에는 어떤 것도 설계할 수 없다. 그뿐만 아니라 마음에 생긴 균열이 점점 커져 종국에는 와르르 무너지고 정신도 잃을 수 있다.

다만 여기에서 문제는, 정확한 자기 인식이 가능한지 가능하지 않은지 그것이다. 냉정하게 자기라는 인간을 직시할 수 있는 눈을 가지고 있는지, 그것이다.

불행하게도 맹목적인 사랑 속에서 자랐거나 그에 아주 가까운 가정환경에서 자란 사람은 대체로 자기를 파악하는 힘이 부족하다. 이 때문에 주위 사람들뿐 아니라 자신을 이해하려 하지 않고 그저 감정과 욕망에 따라 그날그날 하고 싶은 일에만 몰두하며 살려고 한다.

이들은 자신의 세계에 찬물을 끼얹는 자를 극도로 싫어하고, 중요하고 뜻이 있는 충고를 흘려듣는다. 그러다 당연한 결과로 사면초가의 상황에 처하면 갑자기 미친 듯이 화를 내면서 그 화살을 아무에게나 돌리는가 하면, 유치함에서 비롯된 폭력으로 자신은 물론이요 가족까지 파멸의 구렁텅이로 몰아넣는다.

그렇게 되고 싶지 않다면 자신을 뜯어고치는 수밖에 없다. 그런데 본인에게 그럴 마음이 없으면 아무 소용이 없다. 그래서 참 어려운 것이다. 자신의 정체를 깨우쳤다 한들, 자신을 고치고 부모 도움 없이 스스로 살 길을 모색하겠다는 결론에 도달하느냐 하면 거의 그럴 가능성이 없다. 그러니 앞길에 기다리는 것은 파국뿐이다.

그러나 자신을 어떻게 해 보겠다는 마음이 조금이라도 있다면 그렇게 자란 것을 분하게 여기거나 그렇게 키운 부모를 원망할 게 아니라 일생일대의 결심을 해야만 한다. 집 밖으로 나서면 우글거리는 불안 요소를 일일이 따져서는, 그 썩어 빠진 근성을 평생 안고 살 수밖에 없다.

밤 산책하듯 가출해라

나이는 먹을 대로 먹었는데 아직도 부모에게 부담만 주면서 게으르고 뻔뻔하게 살아도 괜찮은가, 이렇게 별 볼일 없이 살아도 괜찮은 것인가. 스스로 묻고 정신을 차린 그 순간을 이용해서, 재빨리, 발작적으로 가출을 감행하는 도리밖에 없다. 무모하고 거친 방법이지만, 달리 구원의 길은 없다. 좀 더 편하게, 좀 더 온건한 방법으로 어떻게 해 보겠다는 생각이라면 애당초 시도하지 않는 편이 좋다.

절대 돌아오지 않겠다고 단단히 마음먹고, 약간의 돈만 지닌 채 맨손이나 다름없이 집을 떠난다. 마치 밤 산책이라도 나가듯이 훌쩍. 심각하게 굴 필요도 없다. 가벼운 기분으로 실행하면 된다.

버스나 기차를 타고, 아니면 자전거나 오토바이를 타고 밤을 새워 최대한 멀리까지 몸을 옮겨 놓는다. 돌아갈 교통비가 없어질 만큼 먼 곳이 좋다. 홀로 선 사람만이 느끼는 두려움과 기대감, 긴장감을 동반한 설렘이 자유로 가는 입구다.

일단 그 입구를 통과하기만 하면, 부모에게 기대 얻는 안정 따위는 하잘것없어진다. 또 집에 틀어박혀 즐기는 암울한 취미와는 비교가 되지 않는, 참되고도 신선한 감동을 만끽하게 된다. 그렇군, 사람이란 이 때문에 사는 것이로군, 하는 삶의 흔들림 없는 해답에 육박해 가는 감동이야말로 자신이 마음속으로 추구했던 것임을 확신하게 된다.

부모에게서 벗어나는 것이야말로 극복해야 할 시련이 아닌가.

그것이야말로 젊음의 특권이 아닌가.

부모에게 신세지지 않고는 살 수 없는 몸이라면, 무슨 일을 하고 무슨 도전을 하든 어차피 어린애 장난의 연장에 지나지 않는다. 예술을 하든 학자의 길을 걷든, 자신에 대한 인식 없이 부모의 도움으로 쌓아 올린 것은 언젠가는 허물어지게 되어 있다. 평생을 거기에 몸 받친다 해도 결과는 껍데기뿐, 획기적인 공적은 남길 수 없다.

또 인터넷을 통해 제아무리 그럴싸한 의견을 피력해 봐도 공론이나 다름없다. '빌붙어 사는 자식이 말은 번지르르하군.' 하는 한마디에 된통 깨지고 마는 것이 고작이다.

그렇다. 자기 힘으로 먹고살지 않는 자에게는 주장할 권리가 없다. 조금은 있을지 모르나, 그 한심한 행각이 세상에 들통 나 버리면, 진지하게 귀 기울이는 자라고 해 봐야 처지가 같은 자들 정도다.

자립할 능력이 있는데도 그 길을 걸으려 하지 않는 것은 수치다. 이 이상의 수치가 없다.

젊은이에서 노인에 이르기까지 홀로 살아가는 것을 회피하고 있다. 여자는 뒷바라지까지 강요당한다. 불행하게도, 정신은 어린애인 상태로 어른이 되어 버린 남자들을 평생 지키고 보호하지 않으면 안 되는 것이다.

남자는 어머니에게 응석을 부리다 결혼해서는 아내에게 부린다. 그러다 아내가 포기하고 떠나가면, 이번에는 강해 보이는 남자를 찾아 응석을 부린다. 평생 응석을 부리며 사는 이 나라 남자들, 정말 한심하다. 그들 탓에 나라까지 한심해진다.

내 배는 내 힘으로 채우자

자신의 힘으로 살아 보겠다는 당연한 각오를 하고 집을 떠나 낯선 곳에서 살기로 한 자는, 다른 무엇보다 우선 먹고살 궁리를 해야 한다. 집을 떠난 후에도 부모가 보내 주는 돈으로 산다면, 집을 나간 것이 아니다. 여전히 반쪽짜리 인생일 뿐이다. 그저 혼자 사는 생활을 시작했다는 의미밖에 없으니 자랑할 일이 아니다. 자립과는 거리가 먼, 안이한 생활의 연장에 불과하다.

제 손으로 일해 먹고살아야 비로소 집과 부모를 떠난 의미가 있는 것이다. 그래야 독립한 인간이다.

그렇다면, 일이란 무엇인가.

그것은 수렵 채취 시대와 마찬가지로 살아 있음을 뜻하는 필연적인 행위다.

내 배를 내 힘으로 채운다는 것은 지금도 변함없는

일의 근본 철학이다.

살아가는 데 가장 중요하고 절대 빼놓을 수 없는 행위에는 반드시 본능적인 기쁨이 따른다.

그런데 아쉽게도 문명의 발달이 일의 가치를 심하게 변질시키고 말았다. 삶의 기쁨을 누리기는커녕 오히려 고통을 강요하는 부자연스러운 것으로 바꿔 놓은 것이다.

과거 인간은 다른 야생동물과 마찬가지로 비록 수명은 짧고 위험이 가득한 환경에 살았지만, 살아 있는 것만으로도 충만감을 얻을 수 있는 행복한 존재였다.

그런데 문명의 발달이 가져다준 편리함과 복잡함이 일의 대부분을 불쾌하고 고통을 수반하는 것으로 변질시켰고, 이는 비관적인 인생관과 불행의 원천이 되었다. 인류의 모든 고뇌가 바로 여기서 비롯되었다. 원래 산다는 것은 훨씬 즐겁고 사는 의미를 굳이 물을 필요가 없을 정도로, 즉 철학 따위가 생겨날 여지가 없을 정도로 충만한 것이었을 터이다.

그러나 오늘날을 사는 인간은 좋고 말고 없이, 이 참을 수 없는 세상을 끝까지 살아가야만 한다. 사회적으로는 의의가 있을지 몰라도 개인적으로는 아무 재미없는 일에 구속되어 잿빛 인생을 살아야 하는 것이다.

직장인은 노예다

이 시점에 또 하나의 커다란 문제가 우리 앞에 놓인다. 어떤 일을 할 것이냐이다.

어떤 일을 하며 먹고사느냐에 따라, 진정으로 자립할 수 있는지 진정한 인생을 살 수 있는지가 결정된다.

일은 크게 어딘가에 소속되어 근무를 하는 것과 자영업 두 가지로 나눌 수 있다.

양쪽 다 포기하고 부랑자가 되는 길을 선택할 수도 있겠으나, 부랑자를 직업으로 간주하는 것은 상당히 무리한 일이다. 그러니 여기에서는 전자와 후자 두 가지로 좁히겠다.

학교에서 공부하는 주 이유는 대개 전자를 지향하기 때문이다.

조금이라도 좋은 위치, 즉 높은 연봉에 안정적이고 남에게도 좋아 보이는 직업을 얻기 위함이다. 그러기 위해 배운 것에 불과하니, 충분히 학문을 익히지 않았다 한들 큰 문제는 없다. 고용주가, 단순히 사회적인 값어치를 매기는 데 목적이 있는 학력을 그렇게나 중시하는 까닭은 오로지 순종할 인물인지 아닌지를 확인하기 위해서다. 세상의 가치관에 어디까지 순종적일 수 있는지, 그 어처구니없는 입시 전쟁에 얼마나 투신한 인간인지를 판단하고 싶기 때문이다.

그런데 애당초 그들은 왜 직장인을 지향한 것일까.

그것이 문제다. 아주 큰 문제다.

이 넓은 세상에는 다양한 직종이 있고, 저마다 다른 삶의 모습이 있다. 그렇게 폭넓은 세상에 살면서 왜 처음부터, 어린 시절부터 회사에 취직하는 것에 목표를 두고 살아왔는가.

마치 다른 길은 없는 것처럼 제대로 고민해 보지도 않고, 또 다른 직종은 쳐다봐서도 안 되는 것처럼 다짜고짜 직장인이 되기로 결심한 근거는 무엇인가.

물려받을 재산이 없는 가정에서 자란 이들은 모두 직장에 다니고 있으니, 자신도 따라 했을 뿐인가.

가정이나 학교는 물론 세상이나 친구들 사이에서도 회사에 취직하는 것이 상식 중의 상식이라 주저 없이 선택한 것인가.

그렇다면 직업의 선택이라는, 인생에서 가장 중요한 결정을 어쩌면 그토록 안이하게 할 수 있다는 말인가.

세상이 어떻게 돌아가는지 알기 위해 일단 취직하기로 했다든지 자신이 정말 하고 싶은 일을 하기 위해 자금을 마련하려고 했다면 몰라도, 처음부터 인생의 모든 것을 바칠 작정으로, 친구들도 다 그렇게 하고 있다는 이유로 직장인이 되는 것은 그야말로 어리석음과 안이함의 극치라고밖에 달리 표현할 말이 없지 않은가.

직장인이 되기 위해 태어났는가.

직장인의 처지란 노예 그 자체라는 것을 모르는가.

누가 강제로 끌어가는 것도 아니고, 법률로 정해져 있는 것도 아닌데 왜 스스로 노예의 길을 선택하는가.

제정신인가.

직장인의 세계를 제대로 알고 있기는 한가.

마음 편하고 안정적이며, 먹고살 걱정은 없는 무난한 곳이라고 정말 믿는가.

만약 그렇다면, 왜 그렇게까지 느긋한 인생에 매료되는가.

자기 안에 다양한 능력과 가능성이 숨어 있을지도 모르는데, 왜 처음부터 그렇게 매가리 없는 생활을 추구하는 것인가.

정말 이 세상을 살고 싶기나 한 것인가.

사실은 죽고 싶어 하는 것은 아닌가.

아직 아무것도 시작되지 않았고 있는 힘을 다해 도전해 보지도 않았는데, 모든 것을 내던지다 못해 목숨까지 내던진 것은 아닌가.

세상이 재미있어 보이지 않아도, 그렇기에 재미있게 하기 위해 이렇게도 저렇게도 시도해 보자는 생각은 하지 않는가.

세상을 사는 확실한 의미 따위가 존재한다면 또 그 의미의 노예가 될 뿐이기 때문이다. 그러므로 강제적인 의미가 없다는 것은 자유로운 의지로 나만의 인생을 살 수 있다는 뜻이라고는 생각지 않는가.

남에게 고용되는 처지를 선택하는 것은 자유의 9할을 스스로 방기하는 일이다. 인생 전부를 남의 손에 빼앗기는 것이다.

쥐꼬리만 한 월급과 상여금과 퇴직금을 빌미로 지시에 따르기만 해야 하는 인형 취급을 당하고, 퇴직 후 제2의 인생이라는 거짓으로 점철된 무지갯빛 꿈을 꾸는 동안에 인간으로서의 존엄은 철저하게 무시된다. 직장을 떠날 때에는 이미 기력도 체력도 다 바닥나 좌절감과 소외감에 시달리는 노년이라는 함정에 내던져진다. 그 다음은 죽음만을 기다리는 비참한 상황만 남을 뿐이다.

그때 그들은 입으로는 말하지 않아도, 가슴속으로는 이렇게 외칠 것이다.

"인생 따위 엿이나 먹으라고!"

3장

국가는 당신에게 관심이 없다

그 어떤 국가도 불특정 다수의 것이 아니다. 듣기 좋은 그 어떤 말로 둘러대 본들 결국은 특정 소수의 것이다. 이 엄연한 진실을 무시하고 그 위에 이상적인 세계를 구축하려 해 봐야 헛수고다.

국가란 국민이 모두 함께 나눌 수 있는, 막연한 개념으로 뒤덮인 최고의 재산이 아니다. 불과 한 줌도 안 되는 인간들이 독차지한 더없이 실질적이고 구체적이며 불합리한 사유물이다.

국가의 소유자인 이들이 불행하게도 독재적인 압제자인 경우에는 부조리한 그 도식이 모든 이의 눈에 선명하게 보여 오히려 알아채기 쉬운데, 민주주의다 자유주의다 하는 만인을 향한 체제를 갖춘 국가일 경우에는 수많은 국민에게 환상과 착각을 심어 줄 가능성이 있다. 실제로 그런 나라의 국민은 그 환영에 손쉽게 속아 넘어간다. 이 나라는 영원히 우리의 나라고 나는 틀림없는 그 일원이라는 오해와 잘못된 자각을 평생 품고 산다면, 한없이 왜소하고 가련한 존재로 최악의 결말을 맞게 될 것이다.

가령 더는 민주적일 수 없을 만큼 민주적인 국가라 하더라도, 실제로 그 나라는 특정 소수의 사유물이거나 거의 사유화된 동산이며 부동산이다. 대다수 국민은 국가가 흘린 부스러기를 먹으며 살 뿐이다. 즉, 국가는 불특정 다수인 국민 따위에는 애당초 관심이 없다. 이들의 비극이 폭동으로 이어지지 않는 한, 국가는 이런 현실을 묵살한다.

국가는 당신을 모른다

국가가 국민의 것이었던 적은 동서고금을 막론하고 단 한 번도 없다.

이것은 이 세상을 살아가는 데 반드시 필요한 대원칙이며, 평생 변하지 않는다는 사실을 명심해야 한다.

만약 특정 소수가 진심으로 국가와 국민을 위하는 길이 무엇인지를 생각하고, 또 진심으로 국가와 국민을 위할 수 있기를 바란다면 그렇게 일상을 적당히 보내지는 않을 것이다. 죽을힘을 다해도 다 처리할 수 없는 일들에 시달려 하루가 다르게 말라 갈 것이다.

게다가 그렇게 풍족하게 생활하지도 않을 것이다. 진지하게 국민의 행복을 바라는 행정가라면 적어도 생활수준을 평균 정도로 낮추었을 것이고, 좀 더 마음이 있는 자라면 저소득층 생활에 맞추었을 것이다.

수치심 때문에라도 그렇게 하지 않을 수 없었을 것이다. 국가를 통솔하는 자로서 자기 위치를 자각하고 책임감도 강했다면 국민 한 사람이라도 비참한 처지에 있을 때에는 도저히 참을 수 없었으리라.

그러나 실상은 어떠한가.

그들은 나라가 어떤 상황에 빠져도 '풍족한 생활'을 포기하려 하지 않는다. 신분에 걸맞은 당연한 권리라는 듯이 생활하거나 훨씬 더 풍족한 생활을 누리는 사람도 있다는 사례를 구실로 국민을 대표하는 자라고는 도무지 믿기지 않는 생활을 유지한다.

이것만 봐서도 그들이 어떤 목적으로, 무엇을 노리고 그 위치를 지향하고 또 차지하고 있는지를 알 수 있다. 입을 벌렸다 하면 '국가를 위하고, 국민을 위해서'라고 줄기차게 외치지만 실상은 그들 자신을 위함이다. 결코 다른 이유가 있어서가 아니다.

그들은 원래 돈과 지위 상승에 대한 욕망밖에 없는, 그 누구보다 심성이 비천한 이들이다. 보통 국민의 몇 배나 되는 풍족한 생활과 높은 지위를 그럴싸한 말과 엉터리 연극만으로도 간단히 거머쥐며, 이것들을 대대로 아니 영원히 누릴 수 있기를 바란다.

잠시만 따져 봐도 그들의 정체를 금방 꿰뚫어 볼 수 있는데 세상은 언제나 똑같은 수법에 속아 넘어가고, 매번 범죄자나 다름없는 얼토당토않은 얼치기들을 국민을 대표하는 자로 뽑는다.

어째서 그들은 다른 일도 아닌, 정치가라는 부침이 심하고 쓸모없는 직업을 택한 것인가.

세상을 위하고 사람을 위해서라는 말은 어디까지나 명분에 불과한 새빨간 거짓말이다. 어느 면으로 보나 그렇게 훌륭한 사람들이 아니다. 생긴 꼴부터가 악당의 전형이다.

그런데 막상 선거철이 되면, 갓난아기는 물론 강아지에게까지 애교를 떤다. 온갖 사람과 악수를 하고 엉터리 노래까지 부르는가 하면 무릎 꿇고 울면서 애원하는 짓까지 거리낌 없이 해 댄다. 이런 작자들이 그 대가로 국가와 국민에 대한 순수한 봉사라는 명예만을 바랄 리가 없지 않은가. 그런 고귀한 이념을 위해 그 굴욕적이고 수치스러운 선거전을 펼쳤을 리가 없다.

이들의 가장 큰 목적은 필요 이상의 '풍족한 생활'이지 그 외에는 아무것도 없다.

욕망은 크나 능력은 부족한 작자들, 그저 튀고 싶거나 아버지가 닦아 놓은 기반을 고스란히 물려받으려는 작자들, 또는 지금까지 해 오던 일이 순조롭지 않거나 실력이 없어서 실패한 작자들, 세상에 이름을 알려 뭔가를 해 보려는 작자들, 그런 자들만 우글거리는 곳이 바로 정치판이다. 정상적인 인간이 발을 들여놓을 곳이 아니다.

바보 같은 국민은 단죄해야 한다

한편 국민은 어떠한가.

제대로 생각지도 않거니와 인간을 보는 안목을 키우지도 않고서 '골치가 아파서 잘 모르겠다'는 이유로 정치에 대해서는 관심을 가지려 하지 않는다. 그러고는 얄팍한 이미지만 좇아 인기투표라도 하듯이, '인상이 꽤 괜찮은 사람'이라는 말도 안 되는 이유로 잡배들에게 귀중한 한 표를 던진다.

그러니 양쪽이 똑같은 셈이다. 인간적인 수준이 너무도 낮은 탓에 그런 정부가 생겨난 것이다.

고매한 인간이 저열한 인간을 택할 리 없지 않은가.

그런 추악한 관계를 최대한 이용해서 국민의 대표 나부랭이가 된 작자들은 자신들에게 더러운 한 표를 던진 국민은 상상도 못할 막강한 자리에 올라서는 고작, 국가를 지배하는 실체인 대기업의 수하가 되어 이권과 금권에 들러붙는다. 민주주의란 이름뿐인, 극소수를 위한 국가 체제를 유지하기 위해 애쓰고, 그 결과 물욕과 명예욕을 만족시킬 수 있는 이득을 거머쥐는 것이다.

국민을 향해서는 열심히 하고 있는 척 메시지를 보내고 포즈도 취하지만, 그건 어디까지나 얼버무림이고 지지도의 숫자를 올리는 데나 이용될 뿐이다.

이들은 자신들보다 규모는 조금 작으나 파렴치한 욕망을 채우기 위해 자신들에게 적극적으로 다가와 협력하고 같은 편이 되어 주는 국민에게는 사탕을 물려 주고, 반대로 부정하고 비판하는 국민에게는 혹독한 채찍질을 가한다.

민주국가라는 체제로 인해, 독재국가의 포악한 지배자들처럼 국가에 이의를 제기하는 자들을 가차 없이 구속·감금해 고문하고 재판 없이 처형하는 노골적인 탄압은 비록 못하지만, 그렇다고 해서 건전해야 할 국가에 법률 밖에서 행해지는 채찍질이 없어졌느냐 하면 그렇지는 않다. 자신들에게 위협적이거나, 자신들의 방식이 잘못되었다고 외치고 공공연하게 반대하고 나서는 자들에게는 눈에 띄지 않는, 겉으로는 폭력이라는 것을 알 수 없는 더 음흉한 수법으로 채찍을 휘두른다. 그 자의 인생을 봉인하고, 가능하면 암매장해 버리려 끈질기게 획책한다. 출세를 방해하거나 직장에서 쫓아내는가 하면, 아예 직장을 갖지 못하게 하는 등 사회적인 음지로 내쫓아 해가 없는 인간으로 만들어 버리는 것이다.

그런 짓을 태연히 저지르는 피도 눈물도 없는 자들은 국민의 대표로 인정할 필요가 없거니와 경의를 표할 이유는 더더욱 없다. 오히려 이 세상에서 가장 경멸해야 마땅한 인간쓰레기라는 인식을 굳혀야 할 것이다.

그들이나, 한 표를 던져 그들을 그런 지위에 올려놓은 자들이나 지은 죄는 같다.

그러니 국민을 배신한 사건이 발각되었을 때, '그런 인간일 줄 몰랐다'거나 '속았을 뿐'이라는 유의 흔히 듣는 변명은 통하지 않는다. 선택된 자나 선택한 자나 국가를 배신하는 악행을 저지른 것이다. 두 부류를 똑같이 부정하고, 철저하게 거부하고, 최대의 적이라 간주해야 한다. 혹시라도 같은 국민이라고 여겨서는 안 된다.

세금을 포탈하거나 가로채려는 탐욕스러운 자들도 그렇지만, 그런 잡배를 자신들의 대표랍시고 국회로 보낸 자들 역시 국가의 적인 것이다.

취직자리를 알아봐 주고 결혼 상대를 소개해 주는 등, 갖가지 편의를 봐 준 보답으로 그들을 적극적으로 지지한 국민은 물론, 그런 잡배인지 모르고 그만 선택해 버린 어리석은 국민 또한 동류로 엄격하게 단죄해야 한다. 가령 법적으로는 죄가 없는 평범하고 좋은 사람이라 할지라도 그들을 정당한 국민이라고 봐서는 안 된다. 철저하게 적대시해야 한다.

인간으로서 질적 수준이 낮은 국민이 국가를 정의와 이상에서 점점 멀어지게 하는 최대 주범이다.

그런 이가 압도적으로 많은 탓에 국가를 좌지우지하

는 특정 소수의 질이 점점 떨어지고, 또 그런 작자들이 권력을 잡은 탓에 국민의 문화 수준마저 떨어져, 결국에는 국가 자체가 파멸의 나락으로 떨어지는 것이다.

시작하기 전부터 패배할 것을 아는 무모한 전쟁을 일으키고, 이렇게 좁은 섬나라에 50기가 넘는 원자력 발전소를 세우는 황당무계한 계획을 실행하고, 전후의 부흥을 일궈 낸 국민의 노력을 물거품으로 만들고, 나라를 패전보다 훨씬 심각한 괴멸 직전의 상황으로 몰아넣은 것은 다른 누구도 아닌, 그럴 만한 능력이 없으면서 당당하게 이 나라의 키를 잡아 온 이들과, 그들의 당근과 채찍질에 길든 어리석은 국민이다.

도시 하나를 이룰 만큼 거대한 기업을 거느린 경영자와 정치가, 고위관료 등은 국가의 운명을 좌우할 만큼 강력한 실권을 쥐고 있지만, 실은 어이없을 정도로 무능하고 어리석다. 이들은 사리사욕을 채우는 데만 힘을 쏟아 붓는다.

그러니 국민이 타국에서 납치를 당해도 적극적으로 개입해 해결하려 하지 않고, 설탕에 꼬이는 개미들처럼 세금에나 꼬여 들어 개인적인 이득만 취하려고 한 없이 타산적이고 뻔뻔한 주야를 보내고 있는 것이다.

그들은 국민이 폭동을 일으키지 않을 만한 범위 안에서 국민에게 봉사하거나 봉사하는 척한다. 절대 그 이상은 넘어서지 않는다. 사뭇 그럴싸한 말을 연발하지만, 그 속내는 사리사욕 위에 똬리를 틀고 있다. 그들이 입버릇처럼 내뱉는 '국익'이라는 유의 말은 모두 새빨간 거짓이며 위선이고, 사기꾼이 상투적으로 써먹는 문구일 뿐이다.

그렇다. 그들이야말로 이 사회의 양지에 당당히 발붙이고 살면서, 국민이 국가에 충성하도록 부채질하는 악당들이다.

이것이 그들의 본성이며 또 정체다.

그런 그들을 적극적으로든 소극적으로든 지지하는 국민 또한 악당의 아류다. 욕망에만 과도하게 충실한 이 양자가 국가를 나락에 떨어지게 하는, 진정한 의미의 반사회적 위험인물인 것이다.

영웅 따위는 없다

애당초 국가를 전적으로 책임지고, 국가를 위해 전심전력을 다할 고매한 정신과 능력의 소유자는 없다는 사실을 잊어서는 안 된다. 어쩌면 존재할지 모른다는 환상조차 단 한순간도 품지 마라.

참으로 안타까우나, 이 움직이기 어려운 현실은 비

단 지금 시작된 것이 아니다. 아주 먼 옛날부터 그랬다. 유사 이래 나라를 궁지에서 구한 영웅 중의 영웅으로 전승되는 이들도 그들에 얽힌 신화의 껍질을 냉정하게 하나하나 벗겨 내면 속물근성을 지닌 평범한 인간이었을 뿐이다.

영웅이라는 자들이 영웅적 행동을 보이게 된 동기가 반드시 고매하지만은 않다. 오히려 상당히 강렬하고 불순한 욕망에 의해서였다. 이들은 혁명적인 행동의 초기 단계에서는 고귀한 정신을 보이지만, 일단 높은 지위에 오르고 나면 부패와 통속적인 사욕으로 치달아 종국에는 악의 화신이 되고 만다.

그러다 세월의 흐름이라는 끔찍한 작용에 의해, 훌륭하고 성스럽게 영웅화된 전설만이 신기루처럼 후세에 남는 것이다.

요컨대 국가를 오랜 시간에 걸쳐 공명정대하게 진두지휘할 수 있는 인간 따위는 실제로 존재하지 않는다는 얘기다. 인간은 애당초 그렇게 대단한 능력을 갖추고 있지 않다.

그러나 현실적으로는 그런 위치에 있는 인간이 전 세계에 존재하고, 그들은 국가라는 것을 형성해 부끄러운 줄 모르는 뻔뻔한 얼굴로 군림하고 있다.

인간은 왜 영웅과 지배자와 강자를 원하는가.

인간은 모두 지배받고 싶어 하는 약자이기 때문이다.

한시도 안심할 수 없는 이 세상을 자신의 판단과 결단과 실천으로 살아가기 괴로워하는 것이 바로 인간이다. 그래서 가능하면 그 고통을 누군가 대신 없애 주었으면 하고 바란다.

초식동물의 흔적인 그런 겁 많은 특질이 모여 불필요한 집단과 조직을 만들고, 사회와 나라를 이룬다. 그리고 그 세계를 반듯하게 관리할 능력이 있을 법한 인물을 추대해서는, 그를 따르고 충성할 것을 맹세함으로써 한순간이나마 안심하려 한다.

추대받은 자는 자신에게 그런 능력 따위는 없다는 것에 두려워하지만, 있다는 말을 계속 듣다 보니 그런가 보다 하게 된다. 그래서 노력하지 않고서도 풍요를 누릴 수 있는 그 위치의 안온함에 길들어, 말도 안 되는 지위에서 세월을 보내며 사뭇 그럴싸한 몸짓과 말투를 익혀 간다.

그를 둘러싼 패거리들은 그렇게만 있어도 풍요의 떡고물을 얻어먹을 수 있다는 데 맛을 들이고, 또 엘리트 집단에 속할 수 있다는 것에 만족해 적극적으로 무능한 지배자를 지원한다. 기회가 있을 때마다 그 평범한 인물을 탁월한 양, 때로는 신에 필적하는 위대한 존재인 양 거창하게 추켜세운다. 우스우리만큼 불합리한 체제가 붕괴되지 않도록 하기 위한 일이라면 어떤 비인간적인 짓이라도 주저하지 않고, 스스로를 방어하기 위한 대책으로 지배당하는 쪽을 무참히 짓밟는다.

그러다 지배자들 사이에서 이해와 욕망이 격돌하게 된다. 그 싸움이 해결책을 찾지 못하거나, 훨씬 나아 보이는 저쪽을 고스란히 먹어 버리고 싶은 충동에 사로잡히게 되면 분쟁과 전쟁이 발발하는 것이다.

강자와 영웅을 원하는 유치한 소망과 그들에게 무턱대고 의존하는 것이 얼마나 위험하기 짝이 없는 사태를 초래하는지 충분히 인식해야 할 것이다.

권력이나 권위에 무조건 굴복하는 것이 얼마나 큰 비극을 불러오는지에 대해서도 마찬가지다.

국가는 적이다

환상에 매달려 멍하게 있어도 될 만큼 세상은 만만하지 않다.

안이함을 좇아 잠시의 안식을 얻으려고 자유를 스스로 방기한 자에게는 살 면목 없는 생애가 있을 뿐이다.

그래서 강자를 원하는 것 말고는 살아남을 길이 없는 것이다.

그렇다는 것을 확실히 자각하고 인식하는 것이 이 거친 세상을 살아가는 기본 중의 기본이다.

적어도 국가가 국민을 적으로 돌릴 확률이 크다는 것은 분명히 알고 있어야 한다. 그렇지 않으면 자유로워야 할 인생을 고스란히 특정 소수인 잡배들에게 빼앗기게 된다.

그래도 괜찮은 것인가.

정말 괜찮은가.

자신을 변호할 말만 찾다가 생을 끝내도 상관없는가.

국민에게 이 세상이 사랑과 친절로 가득하다는 착각과 솜사탕 같은 가치관을 심은 장본인은 결국 탐욕스러운 자들의 집단에 지나지 않는, 국가라는 이름의 한 조직이다. 쉽게 세뇌되는 데다 세뇌되었다는 사실을 깨닫지 못하는 사람은 언젠가는 국가가 있어 국민도 있다는 부당한 의식을 갖게 된다. 자신의 종속적 처지에 굴욕감을 느끼지 않을뿐더러 마침내는 자신을 잃어버리는 것에 쾌감마저 느낀다. 자유와 자립의 정신은 인간이 인간일 수 있는 증거다. 그런데 그것을 송두리째 빼앗기고 박제가 된 채로, 국가를 공허한 말과 환영의 베일로 치장한 작자들의 부림 속에서 비참하고 한심하며 구질구질하게 인생을 마감하게 된다.

요컨대 죽은 자로 살게 되는 것이다.

분노하지 않는 자는 죽은 것이다

불합리에 대한 분노를 포기한 인간은, 저항의 정신을 내던진 인간은, 인간임을 포기했을 뿐만 아니라 삶 자체도 스스로 포기한 어리석고 우매한 자에 불과하다.

이치가 그러한데, 아직 청춘의 한창 때를 보내고 있으면서도 이미 죽어 있는 젊은이가 얼마나 많은가.

허황된 이미지나 좇은 하는 인터넷 세계를 전부라 여기고, 아주 적은 돈으로 살 수 있는 당장 눈앞에 보이는 즐거움으로 뻥 뚫린 마음을 메우려 몸부림치는 젊은이들의 허망하고 기이한 나날들.

피할 수 없고, 피해서도 안 되는 싸움을 피하면서 잇달아 밀려오는 불안을 어떻게든 외면하려는 그들의 무의미한 생활.

인간의 특권인 언어를 포기하고 유아적인 감정을 성적(性的)으로 덧씌웠을 뿐인 어른으로 세상의 한 귀퉁이에서 숨을 죽인 채 시궁쥐처럼 두리번거리기만 하고, 자신과 직접 관계없는 일은 돌아보지 않거나 없는 일로 치는 소극적인 삶의 모습.

불끈거리는 혈기와, 극적인 사상을 꿈꾸는 불온한 감정과, 이상과 현실 사이에서 고뇌하는 정신의 갈등은 다 어떻게 한 것인가.

자신의 모든 것을 소유하고 싶다는 강한 소망과, 자신에 대한 중대한 오인 따위는 아랑곳하지 않고 몸으로 부딪치는 두둑한 배짱과, 파멸을 각오하고서 정신세계의 변경으로 떠나 보려는 결의는 다 어디다 내다 버렸는가.

정해진 운명이라는 인식밖에 없고, 절망적인 체념밖에 하지 못하는 젊은이들이 늘어 국가는 크게 안도하고 있다.

왜냐하면 더 바랄 나위 없는 국민이 되어 주었기 때문이다.

절대 반란을 일으키지 않는 모범적인 노예가 되어 주었기 때문이다.

요컨대 국가가 바라는 대로 된 것이다.

국가를 마음대로 조정하는 반국가적인 무리는, 젊은이 대다수가 그렇게 되기를 바라고 또 그렇게 만들기 위해 지금까지 온갖 악질적인 수단을 써 왔다. 그들은 젊은이들이 국가가 원하는, 양처럼 온순하고 순종적이며 로봇처럼 다루기 쉬운 국민의 모습에 한없이 가까워진 것을 환영한다. 그러면서 앞으로 당분간은 아니 어쩌면 영원히 내 세상을 만끽할 수 있을지도 모르겠다고 남몰래 미소 짓고 있다.

젊음의 상징인 분노의 정신은 죄 잃어버리고, 국가

의 질서를 따르고 사회의 상식에 발맞추면서 어떻게 하면 이 세상을 무난히 헤엄쳐 나갈 수 있을지만 궁리하는 젊은이가 늘고 있다. 중장기적으로 보면 이 나라를 파멸로 이끌 파국의 씨앗이다.

젊은이들에게서 젊음이 사라지면 언젠가 국가는 피폐해진다. 생기도 패기도 없이 죽기만을 기다리는 사회를 낳아 사회 전체가 소리 없이 급속하게 뒤틀려 언젠가는 어처구니없는 파국을 맞는다. 그런 결말이 분명하게 보인다.

물론 체제 쪽 인사들도 그 점을 우려하고 있다.

부지런한 일벌레로 자신들의 풍요와 권력을 뒷받침해 주고 있는 젊은이들이 그렇게까지 무기력해지면 의욕 없는 노예가 증가한다는 뜻이기 때문이다. 그렇게 되면 생산성이 뚝 떨어지고 불경기가 만성화되며 세수가 격감한다. 그 결과 세계 각국의 지배자에 비해 훨씬 격이 떨어지게 된다.

기를 쓰고 노력해서 강국의 대열에 끼어든 소국이 약국으로 전락할 때, 통치자가 가장 두려워하는 것은 타국의 군사적 개입이다. 업신여기고 트집 잡고 시비를 걸다 못해 쳐들어와 나라를 송두리째 빼앗을까 봐 염려한다.

이는 부자가 자신이 기르는 개의 능력에 의심을 품는

것과 같다.

주인의 손을 깨무는, 자기 처지를 모르는 개가 아니라는 것에 안도하면서도, 나라가 피폐하든 쇠망하든 전혀 신경 쓰지 않고 나날의 노동마저 태연하게 내던지는 젊은이들. 도저히 미래를 짊어지지 못할 이런 젊은이들이 테러리스트나 과격한 반체제파들에 앞서 현재의 국가 체제를 서서히 전복할 수도 있다고 우려하고 있음이 틀림없다.

그런 전복은 혁명이라 할 수 없을지 모르겠으나, 국가를 국가로 성립하지 못하게 한다는 의미에서는 혁명일 수 있다.

입에 풀칠할 수 있을 정도의 노동밖에 하지 않는 것으로 끝이라면 문제가 아니다. 그러나 거기서 끝이 아니므로 통치자들은, 국가가 하는 일에 관심도 없고 참견도 하지 않는 젊은이어서는 곤란하다고 여겨 허둥지둥 교육 방침을 재고하고, 얌전하기만 한 애완견에서 듬직하게 집을 지킬 수 있는 개로 만들고자 무술을 권하고, 충견으로 만들고 싶은 마음에 애국정신도 가르친다.

시간과 예산을 들여 분위기를 조성하는 것부터 차근차근 시작하면 언젠가는 반드시 패배로 끝난 전쟁 전처럼 충성과 애국으로 무장한 국민으로 만들 수 있으리라 자신하는 것이다. 다시금 국민 최대의 적으로서 국가의 정체를 드러낼 작정인 셈이다.

그러니 적은 타국이 아니라 자국이다.

나는 모르겠다는 태도로 일관하면서 자기 일이 아니면 돌아보지 않는 삶의 태도를 근본적으로 바꾸지 않고 만화영화에나 나오는 강자를 기다리다가는, 정신이 들었을 때는 독재자에게 굴복해 소총을 들고 군가를 흥얼거리며 행진하고 있는 허울뿐인 자신을 발견하게 될지 모른다. 총알받이의 하나로 최전선에 배치되어 희생을 강요당하고 있을지도 모른다.

젊은이들은 본의 아니게 알지도 못하는 타인을 잔혹하게 살육하는데, 그 비극의 연출가는 안전한 곳에서 유유자적 희생자 수를 아주 손쉽게 예상할 수 있는 작전을 짜고, 피도 눈물도 없는 명령을 내리며 흐뭇해 한다.

온몸에 총탄을 맞고, 포탄에 손발이 잘려 나가고, 진흙탕에 뒹굴다 죽어 갈 때, 이렇게 외쳐 봐야 이미 때는 늦다.

"인생 따위 엿이나 먹으라고!"

4장

머리는 폼으로 달고 다니나

나라를 통치하는 자들은 국민이 국가의 정체를 단박에 꿰뚫어 볼 만큼 현명하기를 원치 않는다. 그것이 본심이다.

그런가 하면, 너무 어리석어 평범한 일조차 제대로 할 수 없는 인간이어도 곤란하다고 생각한다.

즉, 그들의 정체를 알아채지 못할 정도의 어리석음과 노동의 정신에 반하지 않을 만큼의 현명함을 지닌 어중간한 국민을 이상적으로 여긴다. 또 그렇게 되기를 획책하면서 그 방침에 따라 세금을 쓴다.

국가는 적당한 바보를 원한다

특히 교육에 관해서는 신경을 곤두세운다.

그들은 국가를 사유화한 특정 소수의 말을 있는 그대로 따르고 이의를 제기하지 않으며 절대 저항하지도 않는 젊은이들을 육성하기 위해, 이것도 아니고 저것도 아닌 그럴싸한 구실을 마련한다. 그러고는 학교 교육을 통해 아직은 부드러운, 그래서 세뇌가 그만큼 쉬운 청소년의 사고회로와 정신에 깊은 영향을 끼쳐 왔다.

그런 방침에 따르지 않고 공공연하게 반발하는 선생은 창가로 내몰아 찬밥 취급을 한다. 그런 비열하고 치사한 방법으로 혼을 내 매장하는 사이에, 그들 뱃속의 검은 의도는 마침내 성공을 거둔다. 거의 원하는 대로, 아니 기대를 훨씬 넘어서는 젊은이들이 수두룩하게 늘어났기 때문이다.

그렇다고 국가가 설치한 속 검은 덫에 의해서만 저항하지 않는 젊은이들이 늘어난 것은 아니다.

경제적인 풍요로움도 한몫했다.

현실에서 도피하려면 도피할 수도 있겠다는 착각을 품을 수 있을 만한 번영이 계속된 탓에, 또 자식을 응석받이로밖에 키우지 못한 부모들 탓에, 일개 독립한 인간과는 거리가 멀고 자기 주위를 맴도는 무기력을 떨쳐 내려 하지 않는 한심한 젊은이들로 성장하고 말았다.

더불어 인터넷 게임류의 영향력도 무시할 수 없다.

중독성과 의존성이 지극히 높은, 그 칙칙하고 황폐한 쾌락에 젖어 막 시작된 인생이 뒤틀리고 물거품이 된 젊은이들이 적지 않다. 마치 알코올 의존증이나 약물 중독과 유사한 증상을 보이고 심한 경우에는 정신 장애를 일으킬 수도 있을 만큼 나쁜 영향을 미치는 인터넷 게임에 정부가 나서서 제재를 가하지 않는 이유는 자유 경제를 활성화해 세수를 늘리고, 호경기의 원동력이 되어 줄 것을 기대하기 때문이다.

그런데 사실은 또 다른 진짜 목적이 있다. 흡연이나 음주, 합법적인 도박이나 복권, 성산업과 마찬가지로 인터넷 게임 역시 국민의 불만 해소에 공헌하기 때문이다. 요는 사회와 국가에 대한 불만이 팽만하거나 폭발하지 않기를 기대하는 것이다.

국가는 삶이란 답답하고 숨 막히는 것이라느니, 때로 한숨 돌릴 시간이 필요하다느니 하며 마음이 넉넉한 양 포즈를 취한다. 국민의 불만이 자신들에게 향하는 것을 미연에 방지하려는 속셈이다.

그런 한편 과도한 흡연과 음주, 과식을 아무쪼록 주의하자는, 친절을 가장한 글귀를 곁들여 책임을 회피한다. 사실상은 젊은이들이 물러 터져, 국가에 불만을 터뜨리지 않는 것을 바람직하다 여겨 보고도 못 본 척하는 것이다.

게임이나 그와 유사한, 너무도 내향적이고 유치한 가상현실 놀이에 푹 빠져 마음이 파괴되고 인격이 붕괴된 성격 파탄자가 될 것인가, 아니면 세상의 모순과 국가의 악을 일일이 날카롭게 지적하고, 정의란 이념을 드높이며 마침내 하나가 되어 봉기하는 젊은이가 될 것인가. 양자택일을 하라면, 국가를 사유화한 쪽의 관계자들은 주저 없이 전자를 택할 것이다.

텔레비전은 국가의 끄나풀이다

텔레비전도 한몫하고 있다.

국민을 언제까지나 어리석음에 묶어 두기 위해, 예능이다 쇼다 하는 얼뜨기 프로그램을 줄줄이 방송하면서 사고력을 빼앗는다. 당장 재미있으면 그만이다, 속임수든 뭐든 무슨 상관이냐며 방심하게 해 국가가 저지르는 악행에서 눈을 돌리게 한다.

재미있지 않으면 텔레비전이 아니다라는 캐치프레이즈를 당당하게 내세우는 방송국도 있을 정도다. 너무도 국가에 편중된, 마치 스스로 악당의 끄나풀 노릇을 하고 있는 듯한 매스컴의 노골적인 자세가 노리는 바는 하나다. 바로 국민을 어리석은 자로 만드는 것 외에 무엇이 있겠는가.

한편으로는 어리석음을 권하고, 다른 한편으로는 뉴스 해설자나 정치평론가, 연예인, 문화인 등에게 체제를 편드는 의견을 피력하게 한다. 나아가 무슨 일이 있을 때마다 자국과 자국민이 얼마나 훌륭하고 뛰어난지를 유난히 강조함으로써 이웃의 여러 나라를 은근히 깎아내리는, 오류투성이에 편협하기 짝이 없는 애국정신을 심으려 한다.

때로는 타국에 대한 증오를 부추겨 자국민의 마음을

하나로 모으는가 하면, 국가의 방침과 동기에 큰 잘못이 있어 대대적인 피해와 손실이 발생할 때는 얼버무리며 그 끔찍한 위기를 넘어서려 한다.

요컨대 이 세상에는 별 볼일 없는 온갖 덫이 설치되어 있다는 얘기다. 멍하거나 괜히 들떠서 살다 보면, 온유한 미소와 사랑과 친절과 구제를 내세운 듣기는 좋으나 실상은 악랄한 말에 속아 넘어가 모처럼의 인생을, 노력 여하에 따라서는 대성할지도 모를 인생을, 지금 이 사회에서 당당하게 활보하는 악당들에게 송두리째 빼앗기고 만다.

어리석은 자가 될 것인가 아니면 현명한 자가 될 것인가. 이는 지능지수나 학력차로 결정되지 않는다. 신문 사회면을 떠들썩하게 하는 강도나 살인 같은 명명백백한 악이 아니라 눈을 부릅뜨고 잘 봐야 알아볼 수 있는, 언뜻 선처럼 보이지만 정의의 옷을 걸쳤을 뿐인 악을 간파할 수 있느냐 없느냐로 결정되는 것이다.

간파하는 것을 넘어 평소에도 그 속셈에 넘어가지 않도록 주의해야 한다. 덫을 설치하려는 자들을 멸시하고 혐오하고, 경우에 따라서는 통쾌하게 한 방을 날릴 각오와 실천력을 갖고 있지 않으면 진짜 현명한 사람이라고는 하기 어렵다.

머리가 좋다는 것은
홀로 살아가려는 의지가 강하다는 것이다

현명함과 어리석음의 차이를 결정하는 것은 뇌의 양이 아니다. 하물며 정보를 얼마만큼 확보하고 있느냐, 그것도 아니다. 퀴즈 프로그램에서 좋은 성적을 거두고, 일류 대학에 합격하는 것 정도를 잣대로 판단할 수 있을 만큼 간단한 일이 아니다.

정말 좋은 머리에 관해 운운할 때에는, 가장 먼저 의지가 얼마나 강한지를 문제 삼아야 한다. 오로지 자기 힘만으로 살아가려는 의지 여부에 따라 머리의 좋고 나쁨이 갈린다.

그러니 자립의 정도가 그것을 결정하는 셈이다. 자립에 반하는 삶의 방식은 곧 명석함이 부족하다는 것을 뜻한다. 자립이란 인간이 약한 존재라는 사실을 충분히 곱씹은 후, 강한 인간을 지향하면서 과감하게 분투하지 않으면 가능하지 않다.

독서와 우애, 교양만으로는 그 왕도를 터득할 수 없다. 혼자 힘으로 이 가혹한 세상을 끝까지 살아 보겠다는 마음가짐이 얼마나 강하고 굳은지에 모든 것이 달려 있다.

몇 번이나 말하는데, 편안하게 살 수 있는 세상이 아

니다.

그런 시대는 지금까지 단 한 번도 없었고, 앞으로도 절대 없을 것이다. 있다고 생각되는 것은 그렇기를 바라는 소망에서 생겨난 얄팍한 환영에 불과하다. 끊임없이 긴장하고, 그 긴장감에서야말로 살아 있음과 사는 기쁨을 얻을 수 있다는 사실을 잊지 말아야 한다.

'어른애'에서 벗어나라

부모의 무책임하고 과도한 애정 때문에 성장이 멈추어 버린 정신을 자신의 자각과 의지로 새롭게 단련하여 부모 없는 인생에 대비하지 않으면 안 된다. 그렇게 하지 않으면 추악하고 비참한 생애를 보내게 될 뿐이다.

어른이 되어서도 부끄러운 줄 모르고 '나는 어린애니까'라는 말을 아무렇지 않게 하거나, '소년 같은 마음을 지닌 어른이고 싶다'는 따위의 말을 태연하게, 오히려 자랑스럽게 하는 남자들이 해마다 늘고 있다.

요컨대 그들은 의지를 스스로 방기했다고 선언한 것이나 다름없다. 그렇게 함으로써 성인 남자로서 져야 할 최소한의 책임을 내던진다. 결정권을 무조건 타인에게 넘기고, 유아의 정신 상태로 편안하게 하루하루를 보낸다. 자기의 전부를 가까운 이에게 특히 아내와 자식에게 내맡기는 말도 안 되는 인생을 살려 한다. 그러나 이런 인생은 온갖 유의 비극으로 이어져 파멸까지도 생생하게 예감케 한다.

그들은 여자 앞에서 거드름을 피우며 가장으로서 위엄을 과시하지만, 자신은 가계를 유지하기 위한 노동에만 종사하고 나머지는 전부 아내에게 맡기면 된다는 안이한 정신 상태로, 요령을 부려 가며 너절하게 살아간다.

그런 주제에 천진하고 순수한가 하면 절대 그렇지도 않다. 너저분하게 얽혀 있는 조직과 집단에 적극적으로 발을 들여놓아 그 세계에서 통용되는 비열한 힘을 의문 없이 흡수한다. 탐욕스러운 줄다리기와 서로를 헐뜯고 끌어내리는 일에 열을 올리고, 털끝만큼의 가치도 없는 출세와 명예와 돈 몇 푼을 위해, 누가 강요한 것도 아닌데 자신의 혼을 미련 없이 팔아넘긴다.

소년의 마음이 들으면 혀를 찰 일이다.

한편 여자들은 어떤가. 그런 남자들에게 어딘가 모르게 불만을 느끼면서도 남자라면 으레 그렇다는 말에 묘한 안도감을 느낀다. 모성 본능이 이를 더욱 자극해 그런 남편을 뒷바라지하는 것이 아내의 소임이라는 왜곡된 의무감도 갖는다. 그렇다 보니 자식에게 쏟는 애정에 뒤지지 않게 남편에게 지나친 애정을 보이며, 거기에서 여자로서 행복을 찾으려 한다.

이 나라에서는 옛날부터 남편과 자식을 지극 정성으로 보살피는 여자를 현모양처라며 극구 칭찬해 왔다. 그러나 이런 비뚤어진 미학이야말로 남자와 자식을 못나게 만들고, 나아가서는 여자 자신을 또 궁극적으로는 이 나라 사람 전체를 못나게 만든 원흉이다. 여기에서 '못나다'는 자립의 길을 걷지 않아도 어떻게든 살아갈 수 있는 사회 분위기가 조성된 것을 뜻하는데, 이 기이한 인생관이 버젓이 통용되다 보니 현실을 직시하지 못하는 '어른애'의 세계가 구축되었고, 유치한 바람에서 생겨난 환상이 그대로 현실에 반영된 것이다.

2011년 원전사고만 봐도 그렇다. 성숙한 남자가 합리적인 생각으로 대처했다면 절대 벌어지지 않았을 어처구니없는 비극이었다.

인간이라면 이성적이어야 한다

인간다움이란 한마디로 말하자면, 바로 지성 쪽에 몸을 두는 것이다.

그리고 지성이란 합리적인 사고를 가리키니, 즉 이

성으로 사는 것이다.

이는 감정과 본능에 충실한 삶과는 정반대의 삶을 의미한다. 감정과 본능에 따라 사는 것은 딱히 인간만의 특권이 아니다. 다른 생물들 사이에서도 널리 인정되는, 요컨대 동물적인 삶의 방식이다.

동물다운 것을 인간답다고 하는 것은 어불성설이며 궤변에 지나지 않는다.

이 나라에는 '실패하면 어떤가, 인간인데' 하는 유의 말을 환영하는 풍조가 만연해 있다. 사람들은 그 점에 안심하고, 거기에서 위로를 받고 희망을 품으며 자신의 칠칠치 못함과 한심함을 눈 감으려 한다.

사랑과 배려가 넘치는 듯한 그런 말을 선뜻 받아들여 정신의 중심에 놓으면 과연 일시적인 안심과 위로는 얻을 수 있을 것이다.

하지만 이는 몹시 위험한 일이다.

이렇게 한때의 안심과 발전성이 전혀 없는 퇴행적인 가치관에 매달려 있다 보면 '가정을 돌보지 않으면 좀 어떤가, 인간인데' 하게 되고, '술이나 도박, 불륜에 빠지면 좀 어떤가, 인간인데' 하게 되며, 심지어는 '남의 걸 좀 훔치면 어떤가, 인간인데', '사람을 좀 죽이면 어떤가, 인간인데', '전쟁을 좀 하면 어떤가, 인간인데', '원전사고를 일으키면 좀 어떤가, 인간인데' 하고 끝없이 추락해 점점 더 인간에서 멀어진다. 끝내는 동물 이하의 괴물 같은 존재로 변하고 만다.

인간다움이란 나약함 위에 떡하니 앉아 있는 것이 아니다.

사람은 물론 약하다.

다른 생물에 비하면 너무도 약하다.

생기도 부족하다.

생명력도 희박하다.

발랄한 존재와는 거리가 멀다.

그렇다고 처음부터 이렇게 나약한 존재였나 하면, 절대 그렇지 않다. 수렵 채집 시대에 원시적인 삶을 살았던 당시의 인간은 다른 생물 못지않게 억척스럽고 강인하게 살았을 것이다.

비록 수명은 현대인보다 짧았을지 모르나, 삶의 충만함에 있어서는 비교가 되지 않았을 것이라고 생각한다. 그들은 숨을 거두는 순간까지, 위험하기 짝이 없는 세상을 끝까지 살아온 희열에 젖어 있었을 것이다.

부조리하고 복잡한 사회적 구조에 길든 현대인이 강하고 발랄한 생을 실감하려면 사고력을 최대한 활용하는 길밖에 없다.

사고란, 요컨대 이성이다.

이성을 생리적으로 꺼리는 것은 동물적인 직관에 기

대려는 본능의 작용 탓이다.

인간은 분에 넘치는 두뇌를 갖고 있으면서 그것을 사용하는 데에는 저항감과 고통을 느낀다. 반면 본능을 관장하는, 서로 물고 뜯고 죽이는 것도 서슴지 않는 파충류와 별 차이 없는 가장 원초적이며 밑바닥에 있는 뇌 부위에 의지하려는 관성은 몹시 강하다.

과연 그렇게 사는 쪽이 자연스럽게 여겨질 수도 있겠다.

하지만, 그렇다고 해서 그 훌륭한 뇌를 내버려 두면 있는 재주를 그냥 썩히는 격이 아닌가. 모든 가능성에 뚜껑을 닫고, 감정과 본능에만 휘둘리는 한심하고 비극적인 삶을 살면 인간이 되지 못해 마지막에는 곤충이나 다름없는, 아니 그보다 못한 말로를 맞게 된다.

나약한 인간이 강하게 살려 할 때, 의지할 수 있는 것은 사고력밖에 없다. 즉, 이성이야말로 최고의 무기다.

이성에 부합되지 않는 것은 하나하나 배제하고, 감정과 본능마저 이성으로 억누르는 것이다. 이성에만 의지해서 분투해야 진정한 인간성에 도달할 수 있고, 또 그 길로 매진하는 것이야말로 인간임의 증거다. 이 외의 길은 모두 짐승으로 추락하는 것일 뿐이다.

나아가 인간으로 사는 기쁨도 거기에 있다.

이성이야말로 자아의 원천이다.

나란 무엇인가? 하는 철학적 질문에는 갖가지 대답이 있을 수 있지만, 본능이나 감정이 자신의 핵심을 이루지 않는다는 것만은 분명하다. 오히려 의지를 조절하는 사고력을 우선하는 삶, 즉 이성에 따른 선택에 그 대답이 존재한다.

이성의 길을 걷는 순간 인생은 빛나기 시작한다. 자립이 무엇인지를 이해하고 더불어 인간이 무엇인지도 이해하게 된다.

이성을 꺼리고 감정을 우선시하며 본능에 따르는 삶이 편할지도 모른다. 모난 돌이 정 맞는다는 옛말이 있듯이, 인간관계가 어긋나 남들이 멀리하는 탓에 점점 더 고립될 수도 있기 때문이다.

그러나 말로만 개성과 자립과 정체성을 부르짖는 게 아니라, 정말로 그것을 추구하고 분명하게 확립해서 새로운 삶을 열어 가려 한다면, 진정한 자아를 증명해 주는 이성과 함께 독립의 길을 걸어야 마땅하다.

부모의 과도한 사랑이 자식의 뇌를 녹슬게 한다

뇌 얘기가 나온 김에 덧붙이자. 뇌를 충분히 사용하는 사람이라도 기껏해야 전체의 20에서 30퍼센트를 사용할 뿐이라는 설이 유력하다. 이 얼마나 아까운 일인가.

쓰고 또 써도 다 쓸 수 없는 뇌를, 게다가 쓸수록 예리해진다는 뇌를 그냥 내버려 두다니. 그래서는 안 된다. 인간만이 갖고 있는 그 훌륭한 능력을 거의 손도 대지 않은 채 생을 마감하다니, 그야말로 어리석음의 극치다.

머리의 좋고 나쁨은 뇌를 사용하는 그 맛을 아느냐 모르느냐의 차이지, 뇌의 질이나 양의 문제가 아니다.

뇌를 사용하지 않고 사는 자는, 뇌를 악용하는 자에게 이용만 당하는 우매한 자가 된다.

평소 뇌를 사용하는 습관을 잘 들여 놓지 않으면, 사고회로가 유아기 상태에 머문다. 그 까닭에 약한 인간 최대의 무기인 대뇌가 둔해지고 퇴화되어 무엇 때문에 이 세상에 태어났는지조차 모르게 된다. 그런 삶은 없는 것이나 마찬가지다.

뇌를 사용하지 않는 버릇이 드는 데에는 여러 원인이 있는데, 부모의 과도한 사랑이 가장 큰 원인이다. 부모의 지극한 사랑 때문에 생각할 기회를 빼앗긴 채 성장한 젊은이는 결국 타율적인 삶에서 벗어나지 못하고, 의지할 부모가 없어진 후에는 부모를 대신할 타자를 찾아 아무에게나 매달리려 한다. 결국 그 유아적인 면을 간파한 악랄한 무리의 밥이 되어, 있는 것을 다 털리고 만다.

잠시만 생각해도 알아챌 수 있는 덫에 걸려 빈털터리가 되어 내던져지는, 바보처럼 착한 사람이 많다. 이런 사실은 공갈사기 범죄 피해자가 엄청나게 많다는 것만 봐도 알 수 있다.

바보처럼 착한 사람이란 어리석은 자의 대명사 격이다.

품성이 착한 사람과 바보처럼 착한 사람을 같은 부류로 여겨서는 안 된다.

전자는 거짓에 넘어가지 않을 만큼의 사고력이 있지만, 그렇다고 남을 속이려 하지는 않는다. 현실의 더러움을 충분히 인식하는 한편, 가능한 한 이상을 좇아 살기 위해 유념하는, 실로 인간다운 인간을 가리킨다.

후자는 이제 막 인생이 시작되었는데, 아직 어떤 목표를 향해 매진하지도 않았는데, 아니 목표조차 명확하게 정하지 않았는데, 그럼에도 자신의 전부를 또는 사회 전체를 다 파악한 듯한 표정을 하고서 유치한 허무에 빠져 있는 사람들이다. 모든 것이 무의미하다는 결론을 내리고는 삐딱한 태도로 감정과 본능이 이끄는 태만한 생활에 빠져든다. '설교는 사양하겠어'라는 한마디에 사로잡혀 자포자기에야말로 삶의 미학이 담겨 있다는 나르시시즘을 겨드랑이에 끼고서 데카당스파인 척하지만, 실천력도 패기도 없는 뜨내기로 전락할 뿐이다. 그들은 그 어떤 아름다운 말로도 감싸 줄 수 없는 같은 부류의 뜨내기들을 상대하고, 한탕을 기대하고, 하룻밤의 술값을 위해서라면 제아무리 수치스러운 짓이라도 한다. 그 당연한 결과로 변호의 여지가 없는 낙오자가 되다 못해 비참한 말로를 맞는다.

예술을 빙자하여 자신의 못난 인생을 그럴싸하게 치장하려는 자들이 즐기는 이런 삶의 방식은 마조히즘의 극치이며, 거기에서 풍기는 것은 자기도취의 썩은 냄새일 뿐 아름다움과는 실제로 아무 관계가 없다.

또 거기에서 태어난 작품 역시 그들과 같은 유이다. 따라서 누가 더 잘났는지 다투는 일이 아니면 생의 보람을 찾을 수 없는 삐딱하고 유치한 자들과, 자기보다 훨씬 못난 놈이 있다는 것에 안도하고 싶어 하는 졸렬한 자들이 공감할 뿐이다.

어렸을 때라면 모르겠는데 스물이 넘어서도 부모와 직장과 사회와 국가와 각종 신에 의존하고, 아내와 자식과 술과 도박과 방사에 의존하고, 그리고 죽음에 의존한다.

이 얼마나 볼품없는 인생인가.

이런 말이 있다.

"너를 키우는 자가 너를 파멸시키리니."

타자에 기댄 삶의 끝은 파멸이라는 뜻이다. 정말 정곡을 찌르는 말이다. 부모와 직장과 사회와 아내와 각종 신과 권력과 권위에 의해 파멸되는, 그런 인생을 안이하게 받아들여도 좋은 것인가.

정신은 물론 혼까지 내맡기고 건네주고 팔아넘겨도 좋은가.

정말 그래도 되는 것인가.

마조히즘에 푹 절은 인간으로 생을 마감해도 좋은가.

진심으로 그걸 바라는가.

입에 발린 말들을 늘어놔 봐야, 결국 이 세상을 쥐락펴락하는 논리는 약육강식이라는 것을 제대로 이해하고 있는가.

먹느냐 먹히느냐로 이분된 가혹한 세상에 살고 있다는 엄연한 사실을 잘 알면서도 자신은 절대 베풀려 하지 않고 타자가 베푸는 친절만을 기대하는 것인가.

사랑과 친절의 세계 따위는 이 우주 어디에도 존재하지 않는다. 그러니 태어난 이상 도망치려야 도망칠 수 없고, 싫으나 좋으나 이 세상의 전투에 참전하는 수밖에 없다는 것을 확고히 인식하고 있는가.

처음부터 전투를 포기하고 백기를 흔드는 짓을 했다

가는 악랄한 강자에게 몸과 마음을 빼앗기고 이용당하며 혹사당한다. 급기야 하나밖에 없는 목숨까지도 바치게 된다.

부모의 과도한 사랑과 학교에서 가르치는 이도저도 아닌 가치관, 만화와 드라마·영화·소설이 그리는 아주 잠깐 현실을 잊게 해 주는 세계에 중독되어, 원래 같으면 그 시간에 단련했어야 마땅한 정신이 오히려 흐물흐물해졌다. 그러다 세월이 흘러 어른이 되면 가혹한 현실사회 한가운데로 내던져지는 것이다.

자, 이제 어떻게 할 것인가.

당장에 거부의 제스처를 취하면서 꼬리를 내리고 물러설 것인가. 절대 되돌릴 수 없는 어린 시절로 거슬러 올라가려 몸부림칠 것인가. 유치한 수집품으로 장식한 방에만 틀어박혀서는, 그 지옥을 천국이라 우기며 보이지 않는 척 들리지 않는 척 할 것인가.

그 필연적인 결과로 더는 손을 쓸 수 없는 궁지에 몰렸을 때, 모든 것을 사회 탓으로 돌리면서 이런 고함이나 지를 것인가.

"인생 따위 엿이나 먹으라고!"

5장

아직도 모르겠나, 직장인은 노예다

자기 먹을거리는 제 손으로 벌겠다고 다짐하는 것은 성장에 빼놓을 수 없는 필수 조건이며, 그것 없이는 자립도 있을 수 없다.

정들고 익숙한 부모의 비호에서 떠나는 것은 지구 중력권 내에서 이탈하는 것만큼이나, 아니 어쩌면 그 이상의 에너지를 필요로 한다. 부모의 강한 인력에 붙잡힌 채, 언제까지고 거기에서 탈출하지 못한 상태에서는 아무리 지적이고 고상한 말을 구사해 본들 어차피 알맹이 없는 허식에 불과한 불평일 뿐이다. 그 인생이 먹구름 속으로 가라앉는 것은 시간문제다.

이런 사람들은 나쁜 의미의 자아도취에 빠져 비약했다는 착각에 사로잡히고, 자기라는 인간을 옳게 파악하지 못하는 상태에 이른다. 냉정한 판단력을 발휘하지 못하고, 옛 전쟁터를 헤매는 병사의 망령 같은 허무맹랑한 존재로 추락한다.

추락하다 못해 헐벗은 정욕에 사로잡혀 이상행동을 보이고, 급기야 성범죄자로 돌변한다. 심한 경우 살인까지 저질러 파멸의 내리막길로 단숨에 굴러떨어진다.

엄마를 조심해라

부모의 수입에 의지해서는 자기 안에 어떤 위험이 도사리고 있는지 알 수가 없다. 그로 인해 부모 자식이 함께 파국을 맞은 예가 얼마나 많은가. 그 대부분이 엄마의 맹목적인 사랑이 원인이었다.

물론 모든 경우에 해당되는 얘기는 아니다. 그러나 불행하게도 병사했거나 사고로 혹은 자살이나 이혼 등으로 아버지가 없는 가정, 즉 엄마 혼자서 자식을 키우는 가정에서 특히 남자가 자립의 길을 걷지 못하는 예가 많다.

걷지 못한다기보다, 엄마가 자식을 키우는 방식이 너무 감정적이고 본능적인 탓에 자립의 길이 완전히 봉쇄되고 마는 것이 보통이다. '의지할 사람이라고는 너밖에 없다'는 절실하면서도 타산적인 말을 끊임없이 듣다 보니, 자식은 늘 징징거리는 엄마의 약점을 알아채고서 마침내 그것을 악용하기에 이른다.

제멋대로 굴기는 보통이고, 성인이 되어서도 유아기 때처럼 살려 하고, 빈둥거리며 자기의 모든 욕망은 타당하다고 판단한다. 엄마의 경제 사정은 싹 무시하고 이걸 사 달라 저걸 사 달라 조른다.

부모가 다 있다고 해서 유사한 비극이 발생하지 않는

94

것은 아니다.

혼자 타지로 부임하거나 출장을 가거나 일이 바빠 집에 있는 시간이 아주 적은 아버지. 또는 부모의 막중한 역할을 부담스러워 해 자신을 자식의 한 명으로 치부하려는 한심한 아버지. 이런 경우는 실질적으로는 아버지가 없는 가정이라고 할 수 있는데, 어머니 쪽은 몹시 혼란스럽지 않을 수 없다. 이 때문에 합리적인 판단과는 거리가 먼, 감정과 본능에 좌우되는 육아의 길을 걷게 된다. 그렇게 되면 자식의 마음과 정신이 비뚤어져 급속하게 인간성을 잃고 괴물이 되어 간다.

멀쩡한 젊은이가 하는 일이 있는데도 부모 집에 있다는 것은 말이 안 된다.

집을 떠나 생계를 유지하는 것이 가장 중요한 과제이며 자립의 가장 기본 조건이다. 이를 갖추지 않고서는 어엿한 어른이, 아니 제구실을 하는 인간이 되는 것은 불가능하다.

남들 따라 직장인이 되지 마라

그러나 졸업한 후 집을 떠나고 직장이 생겼다고 해서 그것으로 족한 것은 아니다. 회사에 다니는 사람이 되느냐, 자영업자를 지향하느냐에 따라 처지는 완전히 달라진다. 180도 다르다고도 할 수 있다.

아주 평범한, 물려받을 재산 하나 없고 금전적인 지원도 기대할 수 없는 가정에서 자란 사람이 불쑥 자영업을 시작할 수는 없다. 다행히 경제적으로 넉넉한 집에서 자랐다 해도, 부모의 도움으로 자영업을 시작해서야 부모에게 폐를 끼치는 것에는 변함이 없으니 자립의 길에서는 더더욱 멀어진다.

맨손으로 사회에 나가야 한다. 졸업장만 들고 세상의 거친 풍파를 헤쳐 나가야 한다.

그런데 평범한 젊은이는 보통 직장에 취직한다. 아니 그 외에 다른 선택의 여지는 없는 것처럼 주저치 않고 직장인이 된다. 주저하는 이유는 어떤 유의 직장인이 될 것인가, 기껏해야 그 정도 선이다. 자금 없이도 할 수 있는 자영업이 얼마든지 있다는 사실에는 눈을 돌리려 하지 않는다.

그 외의 다른 길은 없는 것처럼, 마치 상식 중의 상식이라는 듯이 곁눈질 한 번 하지 않고 똑바로 직장인의 세계로 들어간다. 아직 어떤 일에도 도전해 보지 않았는데, 실제로는 힌트조차 되지 못하는 성적 따위를 참고해서, 자신은 이 정도 인간이라고 멋대로 판단하고, 재능 따위는 없으며, 그저 어디에나 널려 있는 인간들

중의 하나라고 확신한다. 기껏해야 직장인인 부모 밑에서 태어났으니 그 이상 올라갈 수 없으리라는 퇴행적인 생각으로 일찌감치 제 손으로 인생의 문을 좁히고 만다.

이는 큰 문제이다.

지나치게 섣부른 결단이다.

출발선에 서는 동시에 인생을 내던진 것이나 다름없다.

이 넓은 세상에 다양한 직종이 있는데, 월급 받고 일하는 직장인이라는 위치를 왜 그렇게 간단히 손쉽게 선택하는 것인가.

그 주된 이유가 일이 편하고 수입이 안정적이기 때문이라면, 말도 안 되는 착각을 하고 있는 것이다. 예전 같으면 그럴 수 있지만, 경제성장이 한계에 도달했을 뿐만 아니라 침체기에서 후퇴기로 뒷걸음질하고 있는 지금, 그것은 오래전에 신화가 된 이미 통용되지 않는 낙관이다.

어쩌다 그런 직장이 몇 군데 남아 있다고 해도, 정년 퇴직을 하는 날까지 어떤 나날을 보낼지 뻔히 예상할 수 있는 인생이 뭐가 그리 재미있는가. 비록 캄캄하지만 미래는 온갖 가능성을 품고 있다. 인생을 헤쳐 나가는, 설레고 두근거리는 참맛도 숨기고 있다. 이런 미래를 안정이라는 따분한 이름에 매달려 허비하려는가. 자신에게 잠재된 능력을 조금도 개척하지 않고 끝내는 생애에 어떤 의의가 있다는 말인가.

아니 그보다, 직장에 다니는 것이 몸도 마음도 편한 일이라고 믿고 있는가.

그 근거를 확인한 후에 결정한 것인가.

직장인이라는 것이 어떤 처지인지 정확하게 파악하고 있는가.

스스로 선택한 것도 아닌 인간 집단에 섞이면 어떤 일이 벌어지는지 알고 있는가.

일의 내용은 둘째 치고, 음습한 인간관계의 성가심에 시달리다 못해 거기에서 받는 스트레스가 어느 정도인지를 알고 있는가.

백 보 양보해서, 다행히 좋은 사람들만 모인 직장에서 일하게 되었다 치자. 단조로운 일을 늘 반복해야 한다면 어떻게 할 것인가.

원한다고 해서, 자기가 하고 싶은 일을 할 수 있도록 해 주는 것도 아니다. 사원을 적재적소에 배치한다는 인사의 당연한 철칙이 올바르게 지켜지고 있는 직장은 극히 드물다. 아니 거의 없다고 해도 과언이 아니다. 개인의 잠재 능력을 간파하는 안목을 지닌 상사 따위는 어디에도 없다. 설령 있다고 해도 능력 있는 부하에

98

게 두려움을 느껴, 즉 자신의 지위가 흔들릴까 봐 겁을 먹고 질투해 부하가 능력을 발휘하지 못하도록 발목을 잡을 확률이 훨씬 크다. 그런 세계다.

자영업자가 돼라

처음에는 원하는 회사에 취직했다는 것에 만족하겠지만, 실제 일해 보면 상상과는 전혀 다르다는 것을 알고서 적성에 전혀 맞지 않다는 결론을 내리는 예도 많다.

또 재미있었던 일도 2, 3년 계속해 절차와 요령을 완전히 익히고 나면 염증이 난다. 그러다 보면 일하는 태도가 느슨해지고, 일 자체에도 질려 정열의 돌파구를 취미에서나 찾는 수밖에 없다.

그렇지 않으면 심각하게 전직을 생각한다.

그러나 이상적인 직장을 찾기 위해 아무리 여기저기 기웃거려 본들, 남의 밑에서 일하는 한 진정한 충만감을 얻기는 쉽지 않다. 위화감과 거부감에 시달리는 사이에 시간만 점점 흐르고 마음은 황폐해지다 못해 될 대로 되라는 식이 되고 만다. 그러다 문득 자신을 돌아보았을 때 정신은 없는 것이나 다름없는 참담한 상태에 놓여 있다.

원하는 일은 아니지만 돈은 그 일로 벌고, 취미에 몰두하는 삶을 선택하는 자도 많다. 하지만 취미는 어디까지나 취미일 뿐이다. 일에서 받는 스트레스를 덜고 기분 전환을 위한 것, 그 이상은 아니다.

그런 중용적인 선택은 본인이 생각하는 만큼 현명한 것은 아니다. 아니 오히려 하지 않는 것이 좋다. 왜냐하면, 남의 밑에서 일한다는 점에는 조금도 변함이 없기 때문이다. 남의 손에 급소를 내준 인생은 인생이라 할 수 없다.

애당초 일이냐 취미냐 하는 양자택일 자체가 잘못된 것이다. 생활의 기반인 일 자체가 재미있고 거기에서 사는 보람을 느낄 수 있어야지, 안 그러면 살고 있으면서도 죽은 것이나 다름없는 신세가 되고 만다. 타인이 주는 월급을 대신해 하는 일로는 절대 만족할 수 없다. 거기에는 자신의 의지라는 것이 전혀 반영되지 않기 때문이다. 고용주의 목적은 고용인을 만족시키는 것에 있지 않고 오로지 자신의 충족에 있다. 공무원의 세계에서도 그 점은 다르지 않다. 상사는 부하를 출세의 도구로밖에 생각지 않는다. 아무튼 직장이란 인간 취급을 받을 수 있는 곳이 아니라는 얘기다.

수입이야 많든 적든, 소박하나마 성취감을 얻을 수 있고 평생을 매진할 수 있는 일을 찾으려면 자영업밖에 없다. 요컨대 이 세상에 직장인이라는 직업은 없다 치고 일을 선택해야 하는 것이다.

직장은 사육장이다

망설이고 망설인 끝에 그래도 직장인이 되는 길밖에 없다는 답을 얻은 자는 결단을 내리기 전에 선입견과 고정관념을 전부 떨쳐 내고, 그 세계를 냉정하게 찬찬히 관찰해 보는 것이 좋다.

한마디로 하루 8시간 노동이라고 하는데, 그것은 직장에 구속되어 있는 시간이 고작 하루의 삼분의 일이라는 뜻이 아니다. 그 8시간을 위해 8시간의 수면이 필요하고 나머지 8시간에 출퇴근과 야근, 접대, 사교 등의 시간이 포함되어 있는 것이다. 자신만을 위해 쓸 수 있는 시간은 거의 없는 셈이다. 식사와 목욕, 때로는 독서까지도 직장을 위한 시간이 되고 만다. 쉬는 날 역시 육체와 정신의 피로를 푸는 데 다 쓰는 꼴이다 보니 이 또한 직장을 위한 시간이라 하지 않을 수 없다.

즉 하루 24시간, 일 년 365일, 퇴직하는 날까지 몇십 년을 고스란히 직장에 빼앗기는 것이다. 그래서야 타인을 위한 인생이지, 아무리 열심히 해 봐야 본인을 위한 인생이랄 수 없다.

그 희생에 걸맞은 수입이 있다면야 몰라도, 알뜰살뜰 꾸려야 겨우 살아갈 수 있는 최저임금에 가까운 월급에 인생에서 가장 빛나는 시기를 팔아넘기는, 한쪽만 불리한 거래를 왜 무턱대고 하는 것인가.

자신은 기껏해야 그 정도의 인간이라고 포기하는 근거는 무엇인가.

만약 성적이나 소심한 성격이란 이유만으로 인생의 진로를 스스로 낮게 설정했다면, 그만한 바보짓은 없다. 성적은 학력 사회에서도 그리 중요시하지 않는 추세이고, 실제 사회는 그 따위 종이 쪼가리에 매달려 헤쳐 나갈 수 있을 만큼 만만하지도 않다. 또 성격은 상황에 따라 변하는 것이다. 아니 바꿀 수 있다.

한 치 앞은 어둠이고 빛이기도 하다. 어둠에 내던져질지, 빛으로 뛰어들지는 본인의 의지에 달려 있다. 인생을 타자에게 맡기는 타율적인 삶 속에서는 절대 빛을 얻을 수 없다.

안정은 언제나 겉보기에 불과할 뿐, 한 치 앞에는 칠흑 같은 어둠이 기다리고 있다. 안정은 망상이거나 환상에 지나지 않는다. 안정은 아버지의 무사안일주의에서 태어나고, 어머니가 심어 준 신기루에 불과하다. 아무리 좇아 가도 멀어지기만 하지, 손에 잡히는 일은 없다.

설사 안정된 생활이 실제로 존재한다 쳐도, 그런 생활이 대체 뭐가 재미있다는 것인가. 무슨 일이 벌어질지 모르는 인생, 내일 또는 미래의 자신이 어떻게 변해 있을지 짐작도 할 수 없는 두근거림과 설렘의 연속 속에서 진정한 충만감을 추구하는 것이야말로 의미 있는 삶이 아닌가. 그런데 출발선에 선 시점에 그 중요한 조건을 팽개치는 것은 대체 무엇 때문인가.

직장인 세계의 명암을 충분히 알고서 선택한 길이라면 몰라도 대부분의 젊은이는 제대로 생각하거나 사전 조사조차 하지 않고서, 널리 알려진 기업이라서, 공무원은 쫓겨날 염려가 없으니까, 아버지와 친척들과 선배들이 걸어온 길이니까, 친구도 그러니까, 학교 선생님이 권해서, 세상 사람들이 보통 그러니까, 이런 어중간하고 이유도 아닌 이유로 직장인이 된다.

그것이 의지를 지닌 어엿한 인간이 할 짓인가.

대체 누구의 인생인지 알고는 있는가.

아직 시작도 안 한 전투인데 백기를 흔들어도 좋은 것인가.

멋대로 살아도 좋은, 아니 꼭 그렇게 살아야 하는 인생이라는 것을 제대로 이해하고 있는가.

직장인으로 계속 살다 보면 느끼는 것이, 같은 월급이라면 일할수록 손해라는 고작 그 정도 처세술이라는 것을 알고 있는가.

그렇게 조잔한 인간이 되기 위해 태어났는가.

그렇게 사는 자신을 수치스럽게 여기지 않는 끔찍함을 어떻게 생각하는가.

거울을 들여다볼 때마다 선명하게 비치는 것은, 젊음이라고는 한 톨도 지니지 않은, 회의에 절고 뭐라 말할 수 없는 허탈감에 칭칭 휘감겨 있는, 온갖 결점을 드러낸 채 신빙성 없는 삶을 살아가야 하는, 노예의 처지에 깊이 길든 '가축 인간'이다.

노동자라는 호칭에 속아서는 안 된다.

그 실질적인 처지는 바로 노예이다.

폭력으로 강요하는 것도 아닌데 자진해서 노예의 처지를 선택하다니, 생각이 있기는 한 것인가.

인사이동, 전근, 배속, 출세 등 모든 것이 상부의, 거의 말조차 나눠 본 적이 없는 타자의 의견에 따라 결정되는 굴욕적인 신분인데, 어디에 자유가 있다는 말인가.

틀림없는 자신의 인생인데도 그 대부분을 좌우하는 열쇠를 얼굴조차 모르는 남이 쥐고 있다는 부조리하기 짝이 없는 현실을 어떻게 생각하는가.

자유라고는 찾아볼 수 없는, 업신여김을 당할 뿐인 비참한 신분의 어디가 그렇게 마음에 드는가.

그럼에도 일개 독립한 인간이라고 주장할 수 있는가.

학생 시절에는 넘쳐흘렀던 자부심과 자존심은 다 어떻게 한 것인가.

또는 처음부터 그런 것은 갖고 있지 않았던 것인가.

타자에게 의지하지 않으면 숨을 쉴 수 없는 얼치기인가.

타자의 학대에 쾌감을 느끼는 마조히스트로 태어났는가.

직장인을 선택한 그 순간 유일하고도 최고의 보물인 자유를 직장에 고스란히 헌납한 셈이라는 생각은 하지 못하는가.

공무원이라면 국가에, 그 외에는 경영자에게, 이 세상에서 가장 소중한, 사람이 사람답게 살기 위한 기본 중의 기본인 발판을 푼돈에 팔아넘겼다는 것을 왜 자각하지 못하는가.

자유의 의미를 제대로 이해하고 있는가.

하루 세 끼를 먹고, 그럭저럭 남과 같은 생활을 하고 있는데도, 왠지 하루하루가 밋밋하고, 살아 있음을 진심으로 즐거워하는 일도 없고, 새 아침을 맞아 본들 마음에서 우울함이 떠나지 않는 원인을 찾아본 일이 있는가.

그 이유를 알고 있는가.

인생이란 그저 그런 것이라고 믿는 것은 아닌가.

동물원의 동물이나 애완동물이 아닌, 즉 야생에 사는 동물들이 그렇게 가혹하고 불안정한 환경에서도 어떻게 그렇게 생기발랄할 수 있는지 생각해 본 적이 있는가.

그들은 태어난 순간부터 죽음이 찾아오는 순간까지 끊임없이 위험에 노출되어 있지만, 수많은 위험과 정면으로 맞서는 데서 오는 충만감으로 삶을 이어 간다. 긴장으로 점철된 하루하루를 즐기는 것이 몸에 배어, 비록 수명은 인간보다 훨씬 짧아도 삶의 충만감만은 인간과 비교할 수 없다. 이런 충만감이야말로 이 세상을 사는 자로서 누려야 마땅한 진정한 행복이라는 것을 온몸과 오감으로 확신하고 있는 것이다.

자유를 방기한 사람은 산송장이다

혼자 힘으로 이 세상을 살아가는 것에야말로 생의 본질과 열쇠가 숨겨져 있다.

자기 신뢰의 삶을 선택하지 않은 자는 제아무리 버둥거려 봐야 환희의 나날과 조우할 수 없다.

자주성을 잃고 강자의 명령을 기다리지 않고는 안심하지 못하는 유형의 인간은 자주성이 필요한 때에도 타자의 시선을 피하고, 본심을 물어도 대답하지 못한다. 겉모습은 그럴싸한 어른이지만 그 속은 솜털에 덮인 병아리와 같다. 멀건 눈으로 지난날의 추억을 좇는 게 고작이고, 자신에게는 유독 관대하게 군다. 그러나 알게 모르게 마음은 황폐해진다.

정년퇴직할 시기가 다가오면 혹사당하고 이용당하고 믿는 도끼에 발등만 찍힌 세월이었다는 자각이 깊어지지만 이미 때는 늦었다. 정신을 차렸다 한들 도저히 손을 쓸 수 없는 상황에 처해 있을 뿐이다.

그 단계가 되면 체력과 기력이 달릴 뿐만 아니라 인간다운 꼴도 하고 있지 않다. 지칠 대로 지친 사육 동물 한 마리, 아니면 이름도 없이 죽은 자의 하나가 되어 있을 따름이다.

사람은 태어날 때부터 자유 안에서만 빛나도록 생겨먹었다는 철칙을, 그 우선권을 가벼이 여겨서는 안 된다.

어떻게 살든 본인 멋대로라는, 자유와 함께하는 삶만이 존재의 기반이라는 사실을 잊어서는 안 된다.

인간도 동물의 한 족속이라는 사실에는 의문의 여지가 없다. 야생동물과 마찬가지로 인간 또한 같은 유의 자유 속에서 충만감과 행복을 느낄 수 있도록 만들어져 있으며, 그것 없이는 견딜 수 없는 구조를 하고 있다.

그런데 지금 자유를 거머쥔 인간은 놀라우리만큼 적

다. 많은 사람이 그 보물을 상실했으면서도 보통 다들 그렇다고 여기고 우울한 나날을 보내고 있다.

복잡한 탓에 거짓이 많은 사회라는 조직, 거기서 생겨난 문명과 지위와 재산의 격차로 인해 생물로서 누려야 마땅한 '멋대로 사는' 지상의 특권을 포기하지 않을 수 없게 되었다. 그러다 끝내는 편하게 사는 것이 최대의 꿈이 되었고, 그 꿈이야말로 혼을 치유할 수 있는 지름길이라는 오해를 불러일으켰다. 하지만 지금은 그 허황된 희망조차 실현되지 않고, 실제로는 조촐한 휴식의 장을 확보하는 것마저 어려운 실정이다.

살수록 인생이란 재미없고, 기대한 만큼은 아니었다고 실망하면서 행복이 멀어짐을 절감한다. 무엇이 옳은지 판단하기 어려워지고, 강한 자를 우러르며 우습기 짝이 없는 영웅을 은근히 기다리면서 출퇴근 전철 안에서 죽은 사람 같은 얼굴을 하고 있다. 인생의 절정기는 학교 축제 때뿐이었음을 절감하게 되는 이유는 바로 자유를 스스로 내던졌기 때문이다.

예정하고 계획한 대로 인생을 순조롭게 살고 있다고 생각하는 자의 표정이 어딘가 모르게 밝지 않은 것도 바로 이 때문이다.

직장인이라는 노예의 처지가 시간이 흐르면서 조금씩 목을 조여 온다. 마음을 갉아먹고, 정신을 썩게 하고, 생기를 빼앗아 간다. 그러다 끝내는 혼에도 녹이 슬어 비인간적인 존재로, 자신에게도 반발하지 못하는 로봇 같은 무기물로 기울어 간다.

그러다 자신이 과연 어떤 인간이었는지조차 알 수 없게 된 시점에 정년의 날을 맞는다. 송별회의 애처로운 여운과 여생을 헤쳐 나가기에는 턱없이 부족한 퇴직금과 허접한 꽃다발을 안고 직장 밖으로 쫓겨났을 때, 내일부터 할 일이 없는 공허함을 자유로 착각하고, 책임의 중압감에서 벗어난 편안함을 자유로 잘못 알고, 마음속에서 부글부글 끓어오르는 어떤 감정이야말로 오랜 세월 바라 왔던 심경이 틀림없다고 믿고, 제2의 인생이 시작된 것을 자축하며 자신도 모르게 탄성을 내지른다.

그러나 그 기쁨은 기껏해야 반 년 정도밖에 지속되지 않는다. 이것저것 취미 생활을 해 보지만 어느 것이나 허망하고, 하는 일이 없다는 처지가 몹시 비참하게 느껴지고, 사회에서 쓸모없는 존재라 낙인찍힌 듯한 소외감에 시달린다. 그렇게 반가웠던 자유가 오히려 한없는 고독감을 불러오고, 현역 시절의 무용담에 귀 기울여 주는 이도 없어지니 술에 절어 지내게 된다. 날로 깊어지는 주름과 노인병과 죽음의 예감에 떨며 비관론에 짓눌려, 좀 더 달랐을 수도 있는 생애를 속수무책으로 끝낸다.

　이들은, 대체로 이런 것이 직장인의 평균적인 삶이라 수긍하고는, 똑같은 길을 걸으려 하는 아들을 한숨 섞인 눈길로 바라본다.

　그 긴 한숨이 끝났을 때, 직장인의 가면을 여전히 벗어던지지 못한 자신을 깨닫고는 자기도 모르게 모기 우는 소리처럼 자그맣게 이렇게 중얼거린다.

　"인생 따위 엿이나 먹어라!"

6장

신 따위, 개나 줘라

죽음을 생각할 때, 특히 승복할 수밖에 없는 절대적인 숙명을 인식하고 충격을 받는 소년 시절이나 청춘 시절에는 '사람은 때가 되면 어차피 죽으니 노력 따위는 해 봐야 헛수고가 아닐까' 하는 허무감에 빠져, 그것을 구실로 이 세상을 살아가기 위한 굳건하고 전향적인 자세를 포기하는 경향이 있다.

그 충격 때문에 이성의 기반이 크게 흔들려, 사려분별이 없는 생활을 동경하거나 때로는 양심의 마지막한 발짝을 잘못 디뎌 악의 길로 치닫는 젊은이도 적지 않다.

또 악의 길로 빠지지는 않더라도, 삶은 물거품이라는 섣부른 결론을 내리고 스스로 잿빛으로 물들인 미래를 어찌하지 못해 내일을 향해 전력 질주하는 것은 무익한 발악에 불과하다고 단정 짓는다.

그런데 세상에는 그렇게 혼란스러운 심경을 주시하고 파고들어 이용하려는 교활한 무리가 산더미처럼 많다. 온갖 조직, 모든 집단이 그렇다.

지상의 보물인 자유에는 언제나 고독의 그림자가 따라다닌다.

그 고독의 이면에는 가족을 떠나야 하는 불안이 들러붙어 있다.

부모의 애정으로부터 떠나야 하는 시기가 다가오면

사회로 나가 홀로서기를 해야 하는데, 그때가 점차 가까워지면 자기만을 의지해야 하는 처지가 괴롭고 고통스러워지기까지 한다. 친구나 지인과 떠들고 놀 때는 허세라도 부릴 수 있지만, 어쩔 수 없이 자신과 똑바로 마주해야 하는 시간이 되면 그 순간 겁쟁이가 되어 달아나고 만다.

게임에 몰두하고 휴대전화로 친구와 끝없이 수다를 떨고 연예인이나 운동선수에게 집착한다. 그리고 자신의 세계만이 안심할 수 있는 장소라는 착각에서 비롯되는 두문불출.

부모나 선생, 친구 누구에게도 의지할 수 없다는 것을 깨닫고 자신만을 의지해서 살아가자고 뜻을 굳히는 젊은이들이 요즘은 너무 드물다. 대개는 부모와 선생을 대신할 수 있는 사람을 찾아 어떻게든 해 보려고 한다. 강력하고 자신감에 찬 말투로 "넌 이쪽을 향해 나아가라!"고 말해 주는 자와의 만남을 기대하고, 기대가 지나쳐 그럴싸해 보이는 자가 시야에 들어오면 기다렸다는 듯이 달려든다. 제대로 의심조차 해 보지 않고서 무턱대고 쫓아다니며 조금이라도 빨리 자신의 불안을 해소하려 한다.

이렇게 해서 종교가 번성하는 것이다.

종교단체는 불한당들의 소굴이다

일본 사람은 대부분 종교가 없다는 잘못된 관념이 있다. 그러나 실제로 일본 민족만큼 종교를 좋아하는 예도 없다. 통계에 따르면, 한 사람당 두 가지 이상의 종교에 어떤 형태로든 관련되어 있다고 한다.

이는 강한 자라면 누가 되었든 상관없이 따르는, 전통적이고 거의 군생동물적인 사대주의에 여전히 젖어 있기 때문이다. 스스로 할 수 있는 일도 누군가가 해결해 주기를 바라는, 뿌리 깊은 비겁한 근성이 안 그래도 악취 나는 종교를 더 범죄의 소굴로 타락시키고 있다.

거듭 말하지만, 신이 인간을 창조한 것이 아니라 인간이 신을 만들어 냈다.

인간의 나약함과 교활함에서 신이라는 환상이 태어난 것이다.

그렇게 쉬이 도와줄 만한, 부탁하면 곧바로 구원해 줄 만한 인간은 어디에도 존재하지 않는다. 그런데도 자기 힘으로 살아가겠다고 결심하지 못하는 젊은이가 많다. 이런 자식들을 지나치게 보호하는 분위기가 만연하면서 겁쟁이들이 점차 늘어났고, 지금 대부분 젊은이가 이러하다.

곤란한 일이 생기면 누가 어떻게든 해 주겠지 하는,

근거 없는 기대감에 사로잡힌 젊은이들. 어른이 된 그들은 아무리 기다려도 도움의 손길을 뻗어 주는 이가 나타나지 않는 것에 초조해 하면서도 스스로 일어설 생각은 하지 못한다. 그렇게 이러지도 저러지도 못하다가, 이렇게 된 바에야 인간보다 훨씬 강한 자를 기대하는 수밖에 없겠다는 유치한 소원으로 도망친다.

그러고는 종교가 뿌려 대는 속이 뻔히 보이는 독에 손을 댄다. 기적의 전설을 두른 환영의 존재를 실존한다고 우기고, 그럴 법한 설교와 함께 잠시 위로를 줄 뿐인 이상한 집단에 발을 들여놓는다. 동화와 만화영화나 별 차이 없는 가공의 세계에 홀려, 이곳이야말로 내가 있을 곳이라 확신하고서 바로 빠져든다.

고독이 바로 해소된 듯한 착각에 빠져 기뻐하고, 자신이 생각하지 않아도 어떻게 사는 것이 옳은지 친절하게 가르쳐 주는 환경에 취한다. 급기야는 아무런 자책감 없이 의지와 책임을 방기할 수 있는 편안함에 중독되어, 자기 힘으로 세상을 헤쳐 나가는 기쁨을 완전히 내던지고 만 폐인으로 전락한다.

그러나 아무리 경건한 신자로 믿음을 지켜 봐야 신이 직접 다가오는 일은 없다. 더 구체적인 하늘의 목소리를 들을 수 있는 것도 아니다. 그 소리를 들었다고 주장하는 자가 있다고 해야, 그것은 그러기를 바라는 강한 바람에서 비롯된 환청이든지, 아니면 다른 신자와 차별화를 꾀하고 싶은 마음에 입에서 튀어나온 새빨간 거짓말이든지, 그도 아니면 속는 쪽에서 속이는 쪽으로 돌아서는 것이 득이라는 계산에 따른 것이든지 그중 어느 하나에 불과하다. 이들에게는 올바른 길을 벗어난, 제정신을 잃은 자로서의 앞날과 신용의 실추만이 기다리고 있을 뿐이다.

아직 현실을 잘 모르는, 아니 알고 싶어 하지 않는 젊은이들을 희뿌연한 가공의 세계로 끌어들이는 어른들은 뱃속에 검은 의도를 감추고 달콤한 말로 접근한다. 이들은 성인의 얼굴을 하고서 나쁜 길로 이끄는, 사악함에 마음의 눈이 먼 무리다.

간단하게 말해서 신자는 모두, 사람의 나약함을 노리고 가만히 앉아서 한탕하려는 악당들에 속아 넘어간 것이다.

유난히 태도가 거만한 그들은 불안과 죄에 떠는 인간을 무한한 사랑으로 구원해 줄 유일무이한 절대자가 천상의 어딘가에 있다고 자신만만하게 말한다. 자신은 그 숭고하고 위대한 존재에게서 절대적인 신뢰를 얻어 보통 사람과는 달리 그 존재와 통할 수 있는 특별한 인간, 또는 신의 말씀을 직접 전할 수 있는 전도사, 또는 사람의 모습을 한 신 자체이니 구원받고 싶은 자들은 우선 그 누구보다 성실히 나를 따르라, 그렇게 하는 것이 구원에 이르는 가장 빠른 길이라고 뻔뻔하게 목청을 돋운다.

그럴듯한 표정을 짓고서, 이렇게 하면 고난에서 벗어날 수 있다, 저렇게 하면 천국에 갈 수 있다는 따위의 거짓말을 죽 늘어놓으며 이 집단에 속해 깊이 관여할수록 현세의 미망에서 해방될 수 있다고 설파한다.

정신적으로 자립하지 못한 탓에 신자들은 호화로운 신전과 천박하고 과장된 의상, 장엄한 멜로디의 노래와 기도, 신비성을 유독 강조하는 분위기 등의 눈속임에 여지없이 속아 교단의 공기를 한 번 들이쉬고서는 무한한 혼돈의 절반이 당장 정리된 듯한 착각에 젖는다. 자신이 마음속으로 갈구했던 것이 바로 이것이라고 믿으며, 마치 고귀한 진리의 수탁자라도 된 양 고양된다.

턱없이 불건전하고 벌을 받아 마땅한, 교단의 지도자를 자칭하는 불한당들은 세상 사람들을 미혹하고 달콤한 말로 속여 자기를 방기하도록 쥐락펴락하는 것만큼 손쉬운 일은 없다고 확신한다. 그뿐이 아니다. 인간은 오히려 적극적으로 속고 싶어 한다는 확고한 철학도 갖고 있다.

그렇다. 현실을 직시하지 못하는 소심하고 게으른

자들은 그럴싸해 보이는 자들에게 지속적으로 속고 싶어 한다. 도취 상태로 평생을 지내고 싶어 하는 알코올의존증자들과 유사한 길을 걷고자 한다.

사람다워지는 것을 방해하는 것이 종교다

종교라는 이름의 가상현실에 자진해서 편입됨으로써 자기성찰의 힘을 완전히 잃어버린 혼은 점점 더 방종해지고 만다.

그러나 조금만 냉정하게 관찰하면, 종교의 실체를 아주 간단하게 꿰뚫어 볼 수 있다.

혼은 과연 영원히 살 수 있는가 따위의 심오한 질문은 할 필요가 없다. 교의의 옳고 그름을 놓고 성가신 논쟁을 벌일 필요도 없다. 한 종교단체의 돈이 어떻게 흘러가는지를 주시하면, 그 사기성이 곧바로 드러난다.

신자들에게서 기부나 보시, 봉사 등의 명목으로 돈을 거두어들이는 구조인지 아닌지만 보면 사기 행각인지 아닌지 저절로 판명될 것이다. 한마디로 종교단체는 호박을 덩굴째 끌어 모으면서 배를 불리고 있다.

교단을 유지하기 위해 필요하다, 위대한 가르침을 세계 방방곡곡에 알리고 전파하기 위한 자금이다, 가난한 사람들과 재해를 당한 사람들, 난민들을 구호하기 위해서다 등의 갖가지 구실을 둘러대며 신자의 주머니를 노리는 것이다. 신자에게 돈이나 물품, 노동 봉사를 조금도 요구하지 않는 종교단체는 하나도 없다. 모든 단체가 돈과 욕망과 얽혀 있다. 그 별 볼일 없는 인간들이, 구원을 찾아 모여드는 타율적인 얼간이들을 미끼로 호화로운 생활을 유지하고 있는 것이다.

속이는 쪽은 교조와 간부들이고 속는 쪽은 신자들이라는 도식이 모든 종교에 해당된다. 그러니 제대로 된 종교 따위는 존재하지 않는 것이다. 모든 종교는 선이라는 옷을 두른 악이며, 원래 자유로워야 할 개인을 속박하는 컬트이다.

이미 몸과 마음이 종교에 푹 빠져 있는 자는 일단 종교에서 이탈하는 것이 중요하다. 그렇게 거리를 둔 후에, 한 방향으로만 치우쳐 열을 올리는 마음을 식히고서 불안이 무엇인지, 고독이 무엇인지, 자유가 무엇인지, 나는 무엇인지, 나아가 우주는 무엇인지를 차분하게 생각해 볼 필요가 있다.

종교는 사람이 사람다워지는 것을 방해하는 커다란 장벽 중 하나이다.

종교가 내비치는 것은 절대 새벽빛이 아니다. 신비를 가장한 황혼의 빛이다. 그쪽에는 인간성을 짓뭉개는 깜깜한 어둠이 기다리고 있을 뿐이다.

온 마음을 다해 기도를 하면 할수록, 인간에게 가장 중요한 자립의 정신이 깎여 나간다.

무엇보다 신의 영원한 침묵이, 애당초 그런 거창한 자는 존재하지 않는다는 증거이다.

없는 것을 있다고 하는 사기극에 옳다구나 걸려들어 기분 좋게 속아 넘어가서는 폐쇄적인 나날에 빠져든다. 최면에 걸리거나 약물에 중독된 사람들처럼 마음과 정신은 물론 혼까지 쏙 빼앗기고는 거의 백치가 되어, 존엄은 흔적도 찾아볼 수 없는 가엾은 노예 신세로 전락한다.

그러나 당사자는 어지간한 일이 있지 않는 한, 이성과 지성을 깡그리 몰수해 가는 종교적 광기에서 벗어나지 못하고 그래야 한다는 자각도 하지 못한다.

그래도 정상적인 인간으로 돌아가고 싶다면 어떻게든 그 기괴한 세계에서 탈출해야 한다.

광신자가 되어 열렬히 신을 신봉할 때도, 문득 정신이 차려지는 순간이 있을 것이다.

내가 이런 곳에서 뭘 하고 있는 거지, 머리가 이상해진 건 아닐까 하는 의구심이 드는 순간을 포착해서 냉정하고 침착하게, 신과 보통 사람들을 중개한다는 교조와 고승을 거듭 찬찬히 관찰하는 것이다.

숭고하게 울리는 그들의 말보다는 그들의 풍모를 주시한다.

속세 사람들보다 훨씬 세속적이고 천박한, 먹고 마시고 싶은 대로 해 피하지방에 둘러싸인 뭉글뭉글한 몸과 탁한 눈 그리고 추악한 외모를.

그것이 성스러운 사람이 되기 위해 밤낮으로 고행을 불사했다는 인간의 육체이고 풍모인가.

과거에는 그랬을지 모르나, 지금의 그 꼴은 무엇인가.

욕망에 몸이 단 범부의 전형 아닌가.

한 꺼풀 벗기면 그저 어디에나 있는 너절한 아저씨가 아닌가.

왜 그렇게 저질 사기꾼에게 속절없이 속아, 그렇게 쉽게 굴복하고 받들어 모시고 겉만 번지르르한 말에 귀를 기울이는 것인가.

그들의 어디에서 카리스마를 느끼는 것인가.

사실 신 따위는 아무 상관없이 아버지를 대신할 존재가 필요했던 것은 아닌가.

그러니 그런 아저씨에게 이끌리고 매료되는 것이 아닌가.

가령 그렇다 해도, 그들이 아버지를 대신할 만큼 너그럽고 따뜻한 인물이라고 정말 생각하는 것인가.

아버지를 대신하는 인물이 어째서 툭하면 돈을 요구

하는가.

그렇게 몸과 마음을 받쳐서까지 아버지를 얻고 싶은가.

혼자라는 처지가 그리도 고통스러운가.

언제까지 어린애에 머물러 있을 작정인가.

그런 자신이 부끄럽지도 않은가.

나잇살도 먹고, 남들처럼 두뇌도 갖고 있으면서, 자유와 고독이 동전의 양면이라는 사실조차 모르는 것인가.

자신의 가르침을 따르지 않으면 이글거리는 지옥 불에 타 버릴 것이라는 어린애 속임수만도 못한 수작을 부리는 치들은, 신자 대부분이 신의 은혜로운 구원을 얻기 위해 모여드는 것이 아니라는 점을 처음부터 간파하고 있다.

그 범죄자들은 이미 알고 있다. 태생에 갖가지 문제점이 있고 특히 육친의 사랑에 굶주려 마음이 뻥 뚫린 사람들, 그 때문에 부모의 사랑을 과대평가해 그것만 있으면 마음이 평온해지리라는 큰 오해를 품은 사람들은 그럴 법한 자가 눈앞에 나타나 친절한 한마디만 건네주면 뒤도 돌아보지 않고 자신의 전 인생을 갖다 바치고, 그 어떤 불합리한 명령에도 복종한다는 것을. 그리고 그렇게 복잡하지도 않은 세뇌 요법을 반복해서 사용하면, 신자들을 죽을 때까지 봉으로 삼을 수 있다는 것도 잘 알고 있다.

신 따위는 없다

종교는, 악 그 자체이다.

지금까지 종교가 저질러 온 죄는 더없이 무겁고, 그 잔학성은 서로 죽이는 전쟁과 분쟁이라는 형태로 현재도 계속되고 있다.

어떤 교단이든 마음과 재산을 빼앗고 마지막에는 자아까지 강탈해 가는, 몸과 마음의 죄를 사해 주는 것과는 전혀 무관한 악덕한 자기 부정의 소굴일 뿐이다.

그뿐만 아니라 감당할 수 없는 역경, 즉 자기 단련의 기회를 죄 앗아가 버리는 악랄한 학교이다.

인간은 신이라는 환상에 기대지 않고서도 자신이 처한 문제를 해결할 수 있는 능력을 갖고 있다.

그 잠재 능력을 적극적으로 활용하지 않는 자는 이 세상에 살 자격이 없다. 그러니 세상을 사는 참맛을 모르고 생을 마감하게 되는 것이다.

대부분의 약자는 약자인 척할 뿐인 가짜 약자이다.

아니면 약자라고 스스로 단정하는 편이 편하기 때문에, 그런 버릇이 들고 만 비열한 인간이다.

약자를 가장하면서까지 살 가치 따위는 이 세상 어디에도 없다.

약자를 가장하느니 차라리 강자인 척하는 편이 그나마 훨씬 낫다.

나약함에는 끝이 없으나 강함에는 한계가 있다. 그런데도 인간을 나약한 존재라 단정하고서, 나약함에서 편함을 찾으려는 임기응변적인 삶의 끝에는 한없는 추락이 기다리고 있을 뿐이다.

정신을 똑바로 차려라.

마음의 눈을 떠라.

거미집처럼 들러붙어 있는 환상을 깨끗이 걷어 내라.

그리고 자신의 머리를 써서 생각해라.

힘들여 일하지 않고 먹고살려는 그 악당들이 역설하는 신이라는 자가 만약 실제로 존재한다면, 그 박애의 정신과 위대한 구원의 힘으로 인류는 오래전에 구원을 받았어야 마땅하지 않은가.

그 완전한 존재가, 딱딱한 바위로 뒤덮이고 그 바로 아래에는 펄펄 끓는 마그마가 흐르는 별의 표면에서 간신히 살아가는 인간이 고뇌하고 무릎 꿇고 울며불며 매달릴 때까지 뒷짐을 지고 있을 리는 없지 않은가.

하물며 별 볼일 없는 인간을 중개자로 내세워 가르침을 설파하는, 그런 답답한 짓은 하지 않을 것이다. 하고 싶은 말이 있으면 그 전능한 힘을 발휘해서 인간 모두에게 직접 전할 것이다.

아니 그보다, 인간이라는 이 어중간하고 덜떨어진 존재를 이 세상에 보낼 리가 없지 않은가.

처음부터 완벽한 인간을 만들었으면 고생을 덜었을 텐데, 왜 그렇게 하지 않았다는 말인가.

일부러 완성도가 떨어지는 생물을 만들어 죄 많은 존재라 일방적으로 단죄하고 자기 책임을 전가하고는, 몸부림치는 그 가엾은 모습을 바라보며 즐기는 극단적인 사디스트라는 말인가.

아니면 그렇게 함으로써 자기가 나설 기회를 늘려 자신에게 의지하고 매달리게 하려는 냉혹한 나르시시스트인가.

그렇게 천박한 존재가 신일 수는 없지 않은가.

무엇보다 신은 이 세상이 어떻게 돌아가는지조차 잘 모른다.

만약 알고 있다면, 지구는 행성의 하나에 불과하다는 그 간단한 사실 정도는 경전이나 성서에 기록되어 있어야 마땅하지 않은가.

또 이 하잘것없는 별 하나에 헤아릴 수 없을 만큼 많은 종교가 있는 것만 봐도, 그것이 사기극이 아니고 무엇이라는 말인가.

요컨대 신 따위는 애당초 존재하지 않았다는 얘기다.

당신 안의 힘을 믿어라

마음과 정신과 혼을 갈고닦는 데 필요한 것은 오직 자신의 분투뿐이다. 그 밖의 길은 없다. 그 길에서 벗어나는 즉시 혼을 팔아넘기는 쪽으로 기운다.

불안과 주저와 고뇌야말로 살아 있다는 증거다.

살아 있는 한 그런 것들에서 헤어날 수 없고, 헤어나려 몸부림칠 필요도 없다. 살아 있으면서 절대적인 안녕을 얻으려 한다면, 살아 있되 삶을 내던진 것이나 다름없다.

산송장을 지향해서 어쩌자는 것인가.

신기루를 좇아 봐야 얻을 것은 거짓 평온뿐이다.

자신의 껍데기를 깨부술 힘은 자신에게만 있다.

산 자에게 평온한 장소 따위는 존재하지 않는다.

어쩌면 죽어서도 그런 장소와는 만날 수 없을지 모른다.

그렇다면 태도를 바꾸고 마음을 다잡아, 잇달아 덮쳐 오는 혼란과 정면으로 대치하면서 있는 힘을 다해 싸우는 수밖에 없다. 거기에서 사는 의미와 즐거움을 찾아야 한다.

영험하다는 장소를 기웃거려 봐야, 또 그곳에서 머물며 장시간 명상에 잠겨 봐야, 갑자기 정신력이 강해지는 것도 아니고, 사그라지던 생기가 되살아나는 것도, 무거운 질병에서 해방될 수 있는 것도 아니다. 절대 아니다.

그럴 시간이 있다면, 자신의 생활 자체를 재점검해야 한다.

무슨 일을 하고 있는지, 몇 시간이나 자는지, 어떤 것을 먹고 사는지, 의식은 어디에 집중되어 있는지, 그런 자잘한 것들에 개선할 점은 없는지를 일일이 파악하고, 어떤 부분이 불필요한 스트레스를 주는지를 알아내서 고쳐 나가야 한다. 하나하나 꼼꼼하게 처리해 나가는 것이다.

그런 일도 타인에 의지하지 않고, 모두 자기 힘으로 해 나가야 한다. 습관적으로 해야 한다. 그래야만 자기 잠재 능력의 위대함을 깨닫고 자신감을 회복할 수 있다. 본래의 모습도 깨달을 수 있다. 그것이야말로 진정한 깨달음의 경지라고 할 수 있지 않은가.

자신에게만 의지하는 삶만큼 흥미로운 것도 없다.

아니, 생명이란 그렇게 해야만 충만감을 느낄 수 있도록 만들어져 있다.

따라서 한 번 그 길에서 벗어나면, 당장에 우울의 포로가 되고 만다.

그러나 자립의 길을 따르면, 운명이니 숙명이니 하는 것들에 휘둘려야 하는 불안에 떨지 않아도 된다. 징징거리는 횟수도 급격히 줄어들고, 온갖 종교가 떠들어 대는, 말도 안 되는 기만을 경멸의 시선으로 바라볼 수 있게 되며, 이 세상에서 도망치고 싶은 마음도 사라질 것이다. 그리고 '개인의 자유'라는 이름의 사랑을 만끽할 수 있게 된다.

만에 하나 아무리 분투해도 모자라 비참한 일을 당했거나 사면초가에 빠졌다 해도, 할 수 있는 만큼 다 하고 그런 지경이 되었다면 시원하게 그것도 인생의 일부라는 결론을 내릴 수 있을 것이다.

자기 신뢰의 습관을 터득함으로써 얻을 수 있는 가장 큰 수확은 전 생애에 걸친 목적을 가질 수 있다는 것이다. 자기만의 흔들림 없는 목적이 있느냐 없느냐에 따라 자립의 정도를 판단할 수 있다.

살아가는 자기만의 목적을 구체적으로 갖고 있고, 그 목적을 향해 하루하루 매진하면서 충만감을 느끼느냐 아니냐는 독립한 인간이 되었는지 아닌지를 판단하는 중요한 기준이다.

그리고 그럴 만한 목적이 생겨야 비로소 인간으로 살

고 있다 할 수 있는 것이다.

반면 그런 목적이 없는 자는, 나쁜 목적을 지닌 무리에게 정신을 빼앗기고 혼의 죽음을 경험하게 된다.

타인이 강요하고, 억지로 밀어붙이는 목적은 이렇게 매도해야 한다.

"그런 인생 따위는 엿이나 먹어라!"

7장

언제까지 멍청하게 앉아만 있을 건가

가장 인간다운 삶이란 개인의 자유가 보장되고 존엄성이 지켜지는 삶이라고 여기는 자에게, 종교 못지않게 위험한 상대가 국가이다.

국가란 그만큼 위험한 존재이다.

그렇기 때문에 국가라는 형태를 공기나 물처럼 당연한 것으로 대하는 태도는 지양되어야 한다. 상식선을 넘어서 자신에게 국가란 무엇인지를 다시 생각해 봐야 한다.

그렇다고 이 자리에서 철학자들이나 사상가들이 즐기는 번거로운 논리는 늘어놓지 않기로 한다. 그래 봐야 주제가 희석될 뿐이기 때문이다.

국가가 국민의 것이었던 적은 한 번도 없다

애당초 국가란 누구의 것인가.

우선은 그 점을 단단히 새겨 둘 필요가 있다. 그래야 사회적으로 궁지에 몰리는 불행한 일을 당한 경우에도, 일이 그렇게 된 전후 사정과 인과를 분명하게 파악해 적어도 자신만을 질책하는 고통과 슬픔에 찬 결론을 내리지 않을 수 있다.

국가는 과연 국민의 것인가.

국가는 우리 곧 국민을 위해 존재한다는 엄연한 사실을 의심하다니, 머리가 어떻게 된 것이 아니냐고 나무랄 수 있을 것이다. 즉 대부분의 사람은 그 나라에 속해 있다는 불분명한 의식 하나만으로 자신은 당당한 국민의 한 사람이라고 믿는다.

그런데 그렇게 확신하는 근거를 정확하게 파악하고 있는가 하면, 그 점은 심히 의심스럽다.

국가를 통치하는 자들이 쓰는 이런저런 수법에 의해, 또는 면면히 이어져 내려온 전통이라는 것 때문에, 또는 전 세계에 국가가 널리 퍼져 있기 때문에 그렇게 믿고 있을 뿐이다.

국가가 국민의 것이었던 적은 단 한 번도 없다. 이 불행한 상황은 후대에도 그대로 이어질 것이다.

그 어떤 국가도, 국가란 이름이 붙어 있는 나라는 하나같이, 실은 국민의 것이 아니다.

그 엄연한 현실을 냉철하게 직시하지 않으면, 착각과 오해의 구렁텅이에 빠져 모처럼의 인생을 물거품으로 만들게 된다.

독재국가는 물론, 이상적인 민주주의 국가 역시 불특정 다수가 아니라 특정 소수의 것이다.

한 줌이나 될까 말까 한 인간들의 소유물이다.

게다가 인간적으로 특별히 뛰어난 것도 아니고, 그

지위에 걸맞은 훌륭한 재능을 갖고 있는 것도 아닌 특정 소수이다. 우리와 별 다르지 않은 아주 평범한, 굳이 말하자면 욕심만 유난히 큰 속물의 전형이다.

이 점은 마음먹고 조사하면 누구든 금방 알 수 있고, 그런 개인의 이름도 줄줄이 떠올릴 수 있을 것이다.

추상적이고 허황된 말로 사람들을 미혹해 온 국가라는 기구가 몇 안 되는 소수에 의해 지배되고 좌지우지되고, 그 소수의 노골적인 이해타산을 축으로 움직여지고 있다는 사실에 경악할 것이다.

소수를 제외한 압도적인 대다수 인간은 자신은 틀림없이 국가에 속해 있고 국가를 위한다는 최면술에 걸려, 또는 국민의 한 사람이기를 바라는 마음에서 비롯된 자기 주문에 지배되어 소수를 위해 있는 힘을 다하지만, 소수만이 단단히 쥐고 있는 '풍요로움'을 지속시키기 위한 노동력으로 이용되고 있을 뿐이라는 더욱 처절한 현실을 알게 된다.

알기 쉬운 예를 들어 보자. 2011년 동일본대지진과 지진해일로 인한 원전사고의 주범인 전력회사의 보스 등이, 그야말로 대표적인 특정 소수이다.

그 밖에도 있다. 그들은 대기업의 꼭대기 자리를 차지하고 있거나 허울뿐인 사장을 뒤에서 조정한다. 사회 전체에 나쁜 영향을 미치는 사태가 벌어지지 않는

한 드러나지 않는다. 그 탓에 보통은 지명도도 낮고 얼굴도 거의 알려져 있지 않다. 호화로운 생활상도 연예인이나 졸부들만큼은 눈에 띄지 않는다.

그러나 국가는 틀림없는 그들의 소유물이다. 세심한 조처로 정체를 절묘하게 감추고는 있지만, 실제로는 나라를 어떻게든 마음대로 움직일 수 있는 힘을 갖고 있다.

얼굴과 이름을 팔아 지위를 얻은 국회의원들이 나라를 지배한다고 믿는 이가 많다. 정치가 정도는 아니어도 신문이나 텔레비전에 등장하는 고위관료 역시 같은 무리라고 착각하는 이들도 적지 않다.

그러나 그들은 강력한 권력을 쥔 보이지 않는 실력자들에게서 지위와 돈을 얻는 대신 그들을 위해 일하는, 벌써 오래전에 혼을 팔아넘긴 비열한 졸개에 지나지 않는다.

나라를 실제로 주무르는 자들은 넘치는 자금을 악용해서 목전의 욕망에 허우적거리는 정치가와 관료들을 최대한 이용한다. 관료와 정치가들뿐만 아니라, 학자와 매스컴, 문화인, 연예인, 평론가 등 많든 적든 사회에 영향을 미치는 인종에게 온갖 명목으로 돈을 뿌려 여론을 안정시키고, 자신들에게 유리한 형태로 국가를 유지한다. 마음대로 나라를 주무르고, 당당하게 세금을 빼돌려 이권을 장악한다. 그렇게 어디까지나 사적인 나라를 구축하고 지위가 흔들리지 않도록 다져서는 그 영예와 영광을 후손에게 물려준다.

그들은 인간이라는 생물의 가장 저급한 속성을 잘 이해하고 정확하게 파악하고 있다. 요컨대 눈앞의 욕망에 휘둘리지 않는 사람은 거의 없다는 얘기다.

아무리 직함이 그럴듯한 자라도 눈앞에 그럴싸한 미끼를 던져 주면 당장 태도를 바꿔 너무도 쉽게 자기주장을 굽히고 적극적으로 이쪽 편에 가담한다는 것을 그들은 무수한 실례를 통해 터득하고 배웠다. 그리고 탐욕스러운 뇌에 저장된 그 배움을 근거로 그것이 인간의 실제 얼굴이라 단정한다.

사람은 돈과 명예에 약하다. 너무 약하다.
그리고 불안과 공갈에도 약하다. 너무 약하다.

이런 이치를 터득한 그들과, 사회적 지위와 두뇌로 그들에게 협력하고 공헌하면서 떡고물을 얻어먹는 수치스러운 무리의 분투로 인해, 나머지 대다수 사람은 감쪽같이 속고 이용당하고 바보 취급을 당하면서도 열심히 일해 세금을 바친다. 국가 구조의 핵심이 어떻게 생겼는지 알려 하기는커녕 하라는 대로 따른다. 반기를 들 기미조차 보이지 않는다. 평생 그 비참한 처지에 안주하다 쥐꼬리만 한 연금을 받아들고는 고마워하며 사회 한 모퉁이에서 조용히 죽어 간다.

게다가 법에 저촉될 만한 일은 절대 하지 않고 오직 성실하게 살면서 노력을 거듭한다. 그래도 뜻대로 살아지지 않는 것은 자신의 재능이 부족하고 운이 따르지 않은 탓이라 여긴다. 비슷한 처지에 놓인 사람들이 주위에 널려 있는 것을 위안 삼아 답답함을 억누르고 스스로를 납득시키기는 할지언정, 국가의 존재 양식에 문제가 있다는 발상은 하지 못한다. 그러고는 여전히 국가는 자신들의 것이라는 잘못된 관념에서 벗어나지 못하고, 아무리 일해도 해결되지 않는 생활의 문제점을 기껏해야 투덜거리고 불만을 터뜨리는 거리로 삼는 정도다. 그렇게 착각 속에서 속고만 살다가 한심하게 인생을 마감한다.

알아서 기니
그 따위로 살다 죽는 것이다

이렇게 우직하면서도 비열한 인간이 지배받는 쪽 국민의 대다수를 점하는 이유는 실로 명백하다. 사대주의다.

　사회적으로 지위가 높은 자들은 물론이요 그냥 그럴 법해 보이는 자에게도 바로 굽실거리는, 권위와 권력에 약하기 짝이 없는 사람들을 조정하는 것은 국가를 손아귀에 쥐고 있는 자들에게는 실로 손쉬운 일이다. 약간의 당근과 채찍만 있으면 된다.

　아니다. 통치자들이 부탁하지도 않았고 당근과 채찍을 받지도 않았는데, 국민이라는 이름의 노예들은 눈치 빠르게 그들의 안색을 살피면서 그들이 해 주었으면 하는 것을 재빨리 파악해서는 말이 떨어지기도 전에 처리해 놓는다. 그것도 거의 완벽하게.

　사대주의는 자기(自己)가 없음에서 비롯되는 것이다. 또는 자기를 갖지 않으려 함에서 비롯되는 것이다.

　그래야 편히 살 수 있다는 이유로 자신의 권리를 버리고 추종의 길을 택한 자는 인간이기보다 곤충에 가깝다.

　설령 국가 체제를 바꿔 본들, 불특정 다수의 인식과 의식이 근본부터 바뀌지 않는 한 유사한 비극이 끝없이 반복될 뿐이다.

　그렇다고 어차피 인생이란 그런 것 하며 체념하는 것은 특정 소수가 바라고 원하는 바다. 국가는 언제까지나 그들의 소유물에 불과할 것이고, 나머지 국민은 오직 그들의 불합리하고 부조리한 신분을 뒷받침하기 위한 꼭두각시로 변할 것이다. 비정상적인 번영과 파멸을 거듭한 뒤엔 결코 재기할 수 없을 정도로 참담하게 괴멸할 것이다.

국가를 소유한 자들은 당연히, 특권적인 혜택을 계속 누리기 위해 온갖 대의명분을 쥐어짜 낸다.

그 대표적인 것이 민족주의를 내세운 애국 사상이다.

국가의 실체는 싹 가리고는, 사실은 국민 취급을 못 받는 국민을 향해 국민이 국가를 사랑하는 것은 아주 자연스러운 감정이며 당연한 의무라고 설파한다. 국가의 추종자와 아첨꾼과 주구들을 활용해서 또는 교육을 이용해서, 잘못된 의식을 국민에게 이식하려 한다. 또한 지나치게 노골적이지 않은 다양한 방법으로 국가가 있어 국민도 있으며, 절대 그 반대는 성립하지 않는다고 세뇌한다.

그렇지 않다, 그건 좀 이상하다고 이의를 제기하는 자는, 이 나라를 사랑하지 않는 자니 국민이 아닌 비국민이라고 분류하고, 급기야는 '그렇게 이 나라가 싫으면 다른 나라에 가는 것이 좋겠다'는 유의 냉소를 퍼붓는다. 그런데도 여전히 비난의 화살을 쏘는 자는 교묘한 수단을 써서 배제하려고 든다. 백색테러라는 뻔히 보이는 형태가 아닌, 눈에 잘 띄지 않는 소박한 방법으로 야금야금 목을 조이며 사회적인 말살을 기도한다.

그들에게는 그러기 위한 충분한 자금이 있다. 때로는 세금까지도 당당하게 마음대로 쓴다. 무엇보다 법률이 그들 편이다. 게임이 되지 않는다. 거목에 들러붙거나 강한 자에게 굽실거리는 것을 바람직하게 여기지 않는 극소수 사람들의 패배가 뻔히 보인다.

그들은 뜬구름 같은 허황된 환상을 마치 신이라도 되는 것처럼 높은 위치에 올려다 놓고, 거기에 엎드려 절하고 귀의하라고 직간접적으로 국민에게 강요하고 있지만, 그 그럴듯한 제단의 이면에는 욕망으로 얼룩진, 최종적으로는 자신들만 좋으면 국민 따위는 어떻게 되어도 상관없다는 이기적인 본심이 숨겨져 있다.

그렇지 않다면 전쟁도 공해 문제도 원전사고도 일어나지 않았을 것이고, 세금과 연금이라는 명목으로 거두어들인 막대한 돈도 올바르고 유용하게 사용되었을 것이니, 지금쯤 평화롭고 안전하며 신뢰할 수 있는 국가로 정착했을 것이다. 게다가 국가가 뭐라고 굳이 잔소리를 하지 않아도 국민 사이에 국가에 대한 귀속 의식이 자연스럽게 고조되어 진심으로 나라를 사랑하는 마음도 우러났을 것이다.

멍청하게 있지 말고 맞서라

그러나 안타깝게도 현실은 반대 방향으로 질주하고 말았다. 그 결과, 여전히 탐욕스럽고 냉정한 특정 소수의 이기주의만 팽배하고, 그들은 그야말로 장밋빛 나날을, 현세에서 극락을 만끽하고 있다.

그들이 사용하는 수법은 시대와 더불어 교활해지고 있다. 국민을 위한다는 위선과 기만을 담아 국가를 달콤하게 포장해서는, 의존성이 강하고 치명적인 부작용을 일으키는 그 알약을 복용하게 하려 한다.

겸손하게 어디까지나 저자세로 기업이란 고용을 창출하고 사회를 풍요롭게 하며 세상과 사람을 위한 것이라고 강조하고, 그들을 위해 평생을 바쳐 헌신하는 노예로서의 국민이 자신들의 비참한 처지를 알아차리지 못하도록 세심하게 손을 쓴다. 한편, 자선사업과 기부 등의 위선적인 행위로 지배적인 존재가 아니라고 위장한다.

그들의 충실한 수하인 정치가나 관료들 또한, 독재국가 혹은 패전 전의 일본에서 쓴 수법은 이제 통하지 않는다는 것을 잘 알고 있다. 그래서 표면적으로는 민주주의 국가를 표방한다. '이 나라는 당신들의 나라'라고 착각하게 하고, 불만이 폭발하지 않을 정도의 생활을 유지할 수 있게 세금도 적당히 뿌려 주면서, 눈에 잘 띄지 않는 교활한 수단으로 특정 소수가 부당하게 누리는 풍요의 떡고물을 얻어먹고 있다.

그런 그들이 가장 두려워하는 것은 국민의 분노에 불이 붙는 것이다.

분노한 국민이 자신들을 향해 '너희의 그 말도 안 되는 호화로운 생활은 대체 뭐냐', '또 우리의 이 비참한 꼴은 대체 뭐냐'며 대규모 집회나 노동쟁의 등으로 격렬하게 추궁하는 것을 가장 경계한다. 그래서 그런 기미가 보이는 즉시 싹을 잘라 버리려 획책한다.

그러나 지금 이 나라의 국민은 그런 걱정 따위는 할 필요도 없이 멍청해졌다. 자신의 처지가 아무래도 석연치 않다는 것을 잘 알면서도, 그 굴욕적인 평온에서 헤어날 용기가 없고 그 특별 취급을 받는 무리를 뭉뚱그려 싹 잘라 버릴 배짱도 없다. 그러니 몹쓸 체념에 젖어 그날그날의 조촐한 즐거움에서나 평온을 찾는 것이다. 간혹 술집 한구석에서 정치가와 관료를 안줏거리로 질겅거리며 굴종으로 점철된 일생을 보내는 것이다.

먹고 마시고 입을 수 있고 일정한 곳에서 살 수 있는 동안은 국민 사이에서 부글거리는 만성적인 분노가 폭발하지 않는다. 그들의 해소할 길 없는 답답함과 짜증이 반역의 정신을 싹틔우는 일은 절대 없다. 하물며 폭동이 일어날 리 없다고 확신하는 지배층은 대지진이나 중대한 원전사고를 당하고도 양처럼 온순하게 처신하는 국민을 보고서 더 확신하며 안도의 한숨을 쉬었을 것이다.

그리고 그 일을 계기로 더 한층 국민을 우습게 여기게 되었을 것이다. 어떤 얼토당토않은 짓을 한들 불같이 화를 내는 일은 절대 없다는 확신은 공안을 유지해야 하는 국가 담당자들에게 큰 힘을 실어 주었을 것이다. 대혼란이 야기한 짜증은 잠시 아주 작은 분노로 터져 나왔다가는 바로 진정되었고 체념이 그 자리를 대신했다. 그들은 국가의 지시에 순순히 따르는 국민에 새삼스레 놀라고 또 기뻐했을 것이다.

그 후에는 이왕 이렇게 되었으니 더 무모한 요구를 해도 받아들이지 않을까 생각했을 것이다. 예를 들면 대대적인 증세, 징병제와 황국의 부활, 패권주의 등 시대에 역행하는 흐름이기 때문에 눈치만 보아 왔던 것들을 실행할 수도 있겠다고 내다본, 전쟁 영웅을 동경하고 파멸을 좋아하는 왜곡된 애국자도 틀림없이 있었을 것이다.

자산과 지위 등을 비롯해 탐욕으로 인해 오히려 잃을 것이 너무 많아진 특정 소수는 필요 이상의 내면적 두려움 때문에 생겨난 가상 적국의 환영에 휘둘린다. 자신의 탐욕이 만든, 이 세상은 약육강식의 논리가 지

144

배하고 인간 또한 몹시 야만적인 생물이라는 인식으로 단단해진 그들의 머리에 평화라는 두 글자가 파고들 틈은 전혀 없다. 그들은 평화로운 시대란 그저 전쟁과 전쟁 사이를 이르며, 그때의 휴식은 다음 전쟁을 준비하는 시간에 불과하다고 여긴다.

그런 그들에게 영구적인 평화만큼 성격에 맞지 않는 것도 없다. 넘치도록 끌어안고 있는 탓에 남들보다 몇 배는 공포에 떨면서도 무엇 하나 잃고 싶지 않은 마음은 강하다. 언젠가는 반드시 다른 나라에서 전쟁을 도발하리라는 망상에 시달리고, 급기야는 손아귀에 들어오는 것이 좀 더 늘어난다면 이쪽에서 전쟁을 일으켜도 좋다는 밑도 끝도 없는 욕망에 이끌려 군사력을 강화하기에 혈안이 된다.

그들은 자신들의 불안을 국민의 불안으로 확산하고, 자신들을 방위하기 위한 군대를 국가를 방위하기 위한 군대라는 대의로 바꿔치기하면서 경제대국이 되지 못한 부담과 굴욕감과 실패를 군사대국으로 만회하려 한다.

불안에는 끝이 없으니 군사비는 늘어나고, 국가 예산의 상당 부분을 쏟아 부어도 여전히 부족할 뿐이다. 이런 비용이 잠시 호경기로 이어진다 해도 장기적으로 보면 경제가 파탄 나는 것은 당연한 이치다. 그리고 끝내는 정말 전쟁을 일으키지 않고는 채산이 맞지 않게 되어 이길 수 있을 만한 상대에게 시비를 건다. 처음에는 옥신각신하는 정도인데, 그 분쟁에서 이기면 국민 사이에 위험한 기운이 번져 나가고 세상 물정 모르는 지구촌 촌뜨기의 열등감이 한꺼번에 폭발해 모든 것을 다 잃다 못해 거의 괴멸적인 결과를 불러오게 된다.

사회주의 국가는 현실과 너무 동떨어진 이념 때문에 붕괴했다.

자본주의 국가는 현실에 너무 맞추다 보니, 즉 욕망에 너무 충실하다 보니 붕괴하고 있다.

하지만 그런 국가를 대신할, 새로운 국가를 위한 정치사상은 아직 출현하지 않았다.

이는 어쩌면 국가 시대의 붕괴가 시작되었음을 의미하는지도 모른다.

국가를 쥐고 흔드는 놈들 역시 '그냥 인간'이다

인터넷의 힘으로 전 세계 불특정 다수가 실시간으

로 정보를 공유하고 있다. 지금까지 국가의 탄압에 맥없이 주저앉았던, 어디까지나 개인적인 분노로 그쳤던 사소한 정의들이 결집되고 있다. 이런 현상은 국가의 이익은 뒤로 미루고 진정한 의미의 행복 즉 인류 전체가 행복해지려면 어떻게 해야 할 것인가 하는 세계주의로 나아가게 될지도 모르겠다.

그리고 특정 소수의 소유물인 국가는 쇠망의 길을 걷게 될지도 모른다.

그렇게 되어야 마땅하고, 또 그 방향이 아니면 희망도 미래도 없다.

하지만 그렇게 되지 않도록 막는 힘은 여전히 거세다. 진정한 불특정 다수의 시대가 오려면 아직 한참 멀었다. 지금은 그저 자신이 속해 있는 국가를 주의 깊게 의심의 눈으로 관찰하고 지속적으로 감시해야 할 때다.

국가는 극소수의 소유물이지 우리 자신의 것이 아니라는 대전제를 명심하면서 살아가야 한다.

혹시라도 국가에 아부해서는 안 된다.

국가를 필요 이상 두려워해서도 안 된다.

국가를 안일하게 믿어서도 안 된다.

국가를 손아귀에 쥐고 좌지우지하는 것은 아주 평범하지만 욕망으로 가득한 그냥 인간이라는 사실을 잊어서는 안 된다.

그들이 내미는 당근을 거부하고 그들이 휘두르는 채찍에 굴하지 않는 한, 그들 뜻대로는 되지 않을 것이다.

하지만, 당근을 원하고 채찍 소리에 몸을 움츠리는 인간이 압도적으로 많다는 현실도 분명하게 인식하고 있어야 한다. 요컨대 국민 대부분은 상대가 강자이면 그게 누가 되었든 추종하는 지조 없는 인종이며, 그 때문에 언제나 동료를 배반하고 태도를 뒤집는다는 것을 늘 가슴에 새기는 것이 좋다.

그리고 자신이 그들에 동조하여 같은 부류가 될 것 같다는 조짐이 올 때는, 마음속으로 이렇게 외친다.

"그런 인생 따위는 엿이나 먹어라!"

8장

애절한 사랑 따위, 갈잖다

경제적인 번영은 물질적인 풍요를 가져다준 반면, 가혹한 현실에서 도피할 수 있는 기회와 시간 역시 대폭 늘려 주었다.

이 같은 변화가 일시적이거나 혹독한 스트레스에 시달리기 쉬운 현대 사회에서 분투하다 쌓인 피로를 풀어 주는 것이라면 오히려 내일을 살 활력원이 될 수 있을 것이다. 그러나 도가 지나쳐 자기 도피, 현실 도피 등의 경향이 심해지고, 자기중심적으로 인생을 살아갈 수도 있겠다는 생각이 들 정도가 되면 이미 위험 구역에 발을 들여놓았다고 봐야 한다.

컴퓨터나 휴대전화 등을 통하지 않고는 세상과 사람을 접할 수 없고, 조금이라도 마음에 들지 않는 일은 껄끄럽고 짜증스럽다는 이유로 멀리하고, '잔소리는 듣기 싫다'며 돌아선다. 그렇게 피해 다니는 자신을 덮어놓고 긍정하다 보면, 나르시시즘의 구렁에 점점 깊이 빠져든다.

그렇게 되면 남자가 다가가지 않는 여자 소설가나 한없이 여자에 가까운 추남 소설가가 동경과 꿈으로 가득한 연애지상주의에 빠져 기분 내키는 대로 내갈긴, 소녀 취향적인 미학을 알알이 박아 놓은, 애처로울 정도로 얍삽하고 저급한, 어떻게 저 정도의 싸구려 작품에 도취될 수 있을까 싶어 고개가 갸웃거려지는 삼류

소설과 수준이 비슷한 영화와 텔레비전 드라마 따위를 현실로 받아들이게 된다.

그러다 저도 모르게 저것이야말로 내가 추구하는 연애의 모습이라고 믿어, 연애와는 떼려야 뗄 수 없는 성애와 관련한 동물적인 측면은 배제하려 든다.

요컨대 연애는 상대가 있어야 성립하는 것임에도, 그 대상이 되는 이성에 대해 자세히 알려 하지 않는 것이다. 성격이나 성장 과정, 감성 등 남녀가 인연을 맺는 데 빼놓을 수 없는 모든 조건은 무시하고 첫인상만으로 멋대로 꾸며 낸 이미지를, 소설이나 영화·드라마·연극 등에서 얻은 아름답다 못해 뜬구름 같은 연애의 틀에 억지로 끼워 맞추려 한다.

아직 젊디젊은 아가씨라면 그럴 수도 있겠다. 하지만 이미 청년기에 달한 남자가 그렇다면 이는 심각한 문제가 아닐 수 없다. 현실에 발을 딛고 사는 능력이 크게 부족해 보나 마나 마약에 절어 사는 것이나 다름없는 생애를 보내고 있으리라.

연애는 성욕을 포장한 것일 뿐이다

연애만큼 현실적인 것은 없다.

152

식욕에 이어 너무도 리얼한 성욕을 중화하기 위해 연애라는 아름다운 말로 예쁘게 포장했을 뿐이다.

따라서 다행히 연애가 진행되어 한 꺼풀 포장지를 벗겨 내는 단계에 이르면 다른 동물들의 생리와 조금도 다르지 않은, 인간의 이성이나 지성 따위는 단번에 날려 버리는 쾌락적 행위의 포로가 되고 만다. 성인용 비디오 못지않아 제삼자에게는 절대 보일 수 없는, 대체 내가 지금 무슨 짓을 하고 있는 것일까 싶은 세계로 빠져들고 만다.

거기에는 이미 연애하는 모습을 사랑하는 당초의 막연한 이미지 따위는 끼어들 여지가 없다. 뱀의 교미보다 끔찍하고 난잡한, 그저 암컷과 수컷의 뒤엉킴이 기다리고 있을 뿐이다. 그러나 그것이야말로 연애의 마지막 단계다. 도저히 피할 수 없는 자연스러운 생명의 흐름이다. 실망과 낙담이 제아무리 크더라도, 연애의 종착점은 그것밖에 없다.

그리고 쓸쓸한 기분과 넌더리가 날 정도의 환멸을 통과해야 비로소 어른으로 한 걸음 더 나아가 인간적인 성장을 꾀할 수 있다. 동물과 같은 족속인 인간이 과연 어떤 존재인지를 알게 된다.

그런데 개중에는 연애 초기의 유치한 이미지에 집착해 헤어나지 못하는 자가 있다. 그들은 자신의 미학에 어울리지 않는 생생한 현실의 벽 앞에 서면 딱딱하게 얼어붙고 만다. 그러고는 몸을 돌려 초기 단계로 돌아가 처음부터 다시 그 솜사탕처럼 달콤하고 뜬구름 같은 연애를 시작하려 한다.

그들은 상대의 인격을 완전히 무시하고서 자신이 그리는 연애의 모습을 일방적으로 강요한다. 상대를 이상적인 연애의 소도구로 삼아 연애극을 연출하는, 자신에게 도취된 젊은이가 많아진 것이다.

아주 평범하고 자연스럽게 흘러가는 연애로 충분한데도 온갖 이벤트로 양념을 치고 과도한 포장으로 드라마를 연출한다. 시시껄렁한 동화를 만들어 내고 필요 이상 분위기를 띄우면서 그 자체에 취하고 그것을 최대의 주안점으로 삼는다.

아무래도 상관없는 그런 일들에 힘을 쏟고, 심히 작위적인 감동에 젖어 있다 보면 언젠가는 당연히 현실이 그 촌극 안에 없다는 사실을 알게 된다. 나르시시즘이 한계에 직면해 그 이상은 취할 수 없는 자신을 발견하게 되는 것이다.

하지만 그런 자신을 발견한 때부터 진정한 남녀 관계가 시작되고 인간적인 교제도 급속히 깊어진다. 그리고 지극히 정상적인 결론인 결혼이라는 구체적인 미래가 보이면서 희망과 불안이 뒤섞인 미지의 인생에 맨

몸으로 뛰어들 수 있게 된다.

그런데 몸은 어른이 되었을지언정 정신은 아직 어린애인 그들은 자신의 힘으로 하나부터 쌓아 올려야 하는 미래를 그저 무겁게만 받아들이는 탓에 절대 그 방향으로는 나아가지 않는다.

이렇게 하여 남녀는 서로 성격이 맞지 않는다는, 이 또한 말만 그럴싸한 핑계를 대고는 미련 없이 뒤로 물러나, 흥이 완전히 깨지기도 전에 자신들이 만들어 놓은 무대에서 획 내려오고 만다. 그러고는 거짓으로 점철된 다음 무대를 찾아 다시 이미지뿐인 환영을 좇는다.

소녀 취향의 단계에 머물러 있는 남자들은 불쾌하리만큼 유치하고 병적이랄까, 마음의 병이나 다름없는 나르시시즘에 빠져 조잡하고 비속한 연애론을 늘어놓으면서 영원히 꼴을 갖추지 못할 연애 놀이만을 반복한다.

계산한 사랑은 파탄 나게 돼 있다

한편 나르시시즘의 유전자를 짊어지고 태어난 여자 쪽은, 냉혹하리만큼 현실적인 면도 갖고 있는 탓에 연애를 흠모하는 비현실적인 시기를 일찌감치 졸업한다.

이뤄지지 않을 연애는 돌아보지도 않는 것이다.

아무리 시간이 흘러도 눈을 뜨지 못하는 가벼운 남자를 상대하는 것이 갑자기 심드렁해지고, 이벤트와 깜짝 선물에도 마음이 움직이지 않는다. 오히려 싸늘한 눈초리로 쳐다보고, 만남의 단계에서 상대를 은근히 깎아내리면서 재빨리 거부하고 만다.

그리고 연심을 부추기는 풋풋한 감각을 점점 무디게 만들어 연애를 위한 연애는 부조리하고 답답하고 속이 뒤집히는 것으로 단정한다. 그러고는 연봉과 학력, 집안 등 미래의 생활 설계를 크게 좌우하는 조건 쪽으로 마음을 집중하는 것이다.

새로운 남자를 만나도 속을 떠보는 탓에 험악해진 눈초리를 숨길 수가 없다. 그 결과 남자와 여자 사이에 생긴 골을 메울 길이 없으니, 생물계에서는 아주 일반적인 결혼이라는 결실을 맺을 가능성이 거의 없다.

남자의 소녀 취향적인 이미지와 여자의 타산이 우연히 일치해 결혼이 성립되었다 해도, 여전히 나르시시즘에서 헤어나지 못하는 남자와, 구질구질하게 살고 싶지 않은 초조함에 남자를 제대로 보지 못해서 계산이 엇나간 여자 사이에는 금세 수습이 불가능한 균열이 생긴다. 서로의 결점을 지적하고 헐뜯는 전쟁이 벌어지고, 그렇게까지 공을 들이고 낯간지러운 연출까지

해 가며 치른 결혼식의 의미와 수많은 하객의 축복을 물거품으로 만드는, 이혼이라는 공허한 결론을 너무도 쉽게 내리고 만다.

헤어진 후, 남자는 무겁게 자신을 짓누르는 상처에서 벗어나려고 자기만의 세계에 틀어박힌다. 실패에 대한 분석도 반성도 없이, 그저 어쩌다 나쁜 상대에게 걸려들었고 내게 어울리는 여자가 아니었을 뿐이라고 자신을 위로한다. 기껏해야 인식 수준이 이 정도다. 그러고는 재기할 만한 때가 되면 또다시 유치한 연애 놀음에 빠져든다. 질리지도 않는 모양이다.

요컨대 그들은 머릿속 한 켠에서 어머니를 떠올리고 있는 것이다. 아내가 아니라 어머니의 역할을 해 줄 제2의 어머니를 찾고 있는 셈이다. 연애를 할 때에는 겉으로나마 있는 힘을 다해 어엿한 남자를 연기하지만, 결혼한 순간부터 본성을 드러내 어린애로 다시 돌아간다. 남편으로서, 아버지로서 바람직한 자질 따위는 바랄 수가 없다. 예기치 않게 닥치는 불행이나 재앙으로부터 가정을 지키는 기개 따위는 털끝만큼도 없는 남자의 주가는 하락할 따름이다.

그런 남편에게 아내는 불만이 쌓이지 않을 수 없다. 날로 실망해 서로 의지하는 관계가 무너지는 것은 시간문제가 된다.

답답함과 짜증만이 점점 깊어져 성적인 쾌락이라는 충전제로도 두 사람 사이의 간극을 메울 수 없는 지경에 이른다. 속이 부글거려 뒤척이며 잠을 설치다 끝내는 억누를 길 없어 격렬하게 분노를 폭발하고 만다. 즐거운 우리 집을 꾸린다는 행복한 그림은 그지없는 환상이 되고 어이없는 이별을 맞는다. 그러고는 양쪽 모두 인간적인 원숙미를 더하는 일 없이 경박한 자기애에 머문다. 홀가분하게 '자기 자신을 좋아하는 인간'으로 돌아가는 것이다.

이 중 일부 남자는 이해관계에 지나치게 민감한 여자에 염증을 느끼다 못해 혐오하게 되기도 한다. 그래서 성애의 대상이 되는 이성의 나이를 낮춰 롤리타 취향으로 내달리는 것이다. 겉모습만 그럴 뿐 속은 어른 여자와 조금도 다름없는 소녀들에게 비상식적인 관심을 보이고, 강렬한 정념에 이끌려 '순수한 사랑'이라는 기만적인 기치하에 앞뒤 가리지 않고 돌진한다.

그리고 수치도 모르고 염치도 없이, 정신이 나갔다고밖에 여겨지지 않는 불안정한 감정을 품고는 소녀 취향의 고객을 상대하는 수상쩍은 가게를 뻔질나게 드나든다. 또는 이런 작자들을 봉으로 삼는 연예인 주위에 모여들어서는, 자신과 생각이 같은 남자가 많다는 것에 용기를 얻는 한편, 자신들이 시대의 첨단을 달리는 양 착각하며 저속함을 줄줄 흘리면서 세상을 활보한다.

그런 상태가 점차 심각해지면, 사랑의 대상을 소녀에서 어린아이로 바꿔 치우고, 그 뒤틀린 욕망을 채우기 위해서라면 수단 방법을 가리지 않아 짧은 기간에 저주받은 악덕으로 기울어 간다. 그러다 끝내는 사건을 일으키고 갚을 수 없는 죄로 뒤범벅된 괴물로 변한다.

타산적인 여자들의 끝

연애 놀이와 신혼 놀이 시기를 놀랄 만큼 빠른 속도로 졸업하고서 이전보다 오히려 강인한 모습으로 재기한 여자들은 어떤가. 이미 그녀들 가슴에 달짝지근한 환상은 티끌만큼도 남아 있지 않다. 이혼을 꺼림칙해하면서도 다른 한구석으로는 이혼을 전혀 문제시하지 않는 절조 없는 반발력을 키운다. 그러고서는 아직 승산은 충분히 있다는, 턱도 없는 자만감에 부푼다.

그녀들은 여전히 마음속 깊은 곳에 백마 탄 왕자님의 등장이라는 판타지를 숨기고 있다. 어느 날 느닷없이 예기치 않은 행운이 굴러들어 올지도 모른다는 기대감을 품고, 연애를 온갖 불행에서 해방될 출구로 정의하고는 눈을 치켜뜨고 사냥감을 물색하기에 이른다.

이는 아주 해로운, 불행으로 직결되는 지름길이다. 그것을 모르고 다음에는 좀 더 제대로 된 남자와 결혼하겠다는 둥, 이혼의 상처를 한꺼번에 싹 지우고 몹쓸 여자라는 이미지를 불식할 수 있는 멋진 남자를 잡아 친구들에게 보여 주겠다는 둥, 대체 누구를 위한 인생을 살고 있는지 모를 일그러진 결의를 굳힌다. 그리고 사회적인 지위와 수입과 집안 등의 조건과 체면치례만을 염두에 두고 남자들을 잰다.

그녀들의 뻔뻔스러움은 어이가 없을 정도다. 자신이 그런 남자에게 어울리는 여자인지 아닌지는 전혀 안중에 없기 때문이다. 상대의 조건은 지나치리만큼 따지면서 자신의 조건은 생각조차 않는다.

그녀들은 오로지 허물어져 내리는 인생을 만회하고 싶은 초조함에 부질없는 몸부림을 계속하지만, 그 노골적인 태도가 오히려 독이 되어 남자들을 도망가게 한다. 그러니 나중에는 평균점은 되는 남자들조차 접근하지 않게 되는 것이다.

그러다 시간이 흐르고 흘러 유통기간이 끝나 갈 쯤이면 될 대로 되라는 식이 된다. 그 결과 결혼사기꾼이나 거의 사기꾼 수준의 남자에게 속아 그동안 모아 둔 얼마 안 되는 돈마저 고스란히 털리고 만다.

그런가 하면 어차피 이렇게 된 거 상관없다며 이것저 것 따지지 않고 목숨이라도 건 것처럼 처자식이 있는 남자에게도 맹공세를 펼친다. 모 아니면 도, 하는 식의 도박에 빠져 납치를 해서라도 결혼하려고 버둥거리지 만, 그런 너저분한 술수에 있어서는 한 단계 고수인 남 자에게 농락당하는 신세가 된다.

화를 버럭버럭 내며 상대의 집으로 쳐들어가 난동을 피워 본들 속 시원한 대답은 얻지 못한다. 그 다음 정 신을 차렸을 때는 몸도 마음도 갈가리 찢긴 외로운 여 자가 찬바람이 몰아치는 세상 한 귀퉁이에 덩그러니 서 있는 장면과 마주할 뿐이다. 자업자득의 돌이키기 어려운 결과다.

패자들은 '사랑'이 아니라
연애 놀이를 한다

일방적인 자기애와 타산을 우선시하는 상품으로서 의 사랑은 양쪽이 만나는 순간부터 파멸의 불똥만 튈 뿐, 절대 결실을 맺지 못한다.

그 일그러진 빛을 사랑의 결정이라 착각하면서 불가 피한 파국을 맞는 남녀가 얼마나 많은가.

아무리 애써 본들 그들은 사랑을 소화하지 못한다. 애당초 드높이 날아오르는 진정한 사랑이 아니다. 그들의 사랑은 비열한 삶과 조잡하고 비속하고 비틀린 정신에서 생겨났고, 회오리바람을 맞은 것처럼 허망하게 공중으로 흩어져 버리는, 욕망과 정념의 잡다한 모음에 지나지 않는 '사랑의 아류'였을 뿐이다.

그들이 이런 인간인 한은, 타산이나 이기주의에 구속되지 않고 주저하는 기색조차 없으며 제삼자의 눈에도 아름다운 풍경으로 보이는 진정한 사랑은 영원히 찾아오지 않는다.

이른바 진심으로 상대를 배려하는 마음이 딱 일치하는, 연애의 핵심이며 기본 중의 기본인 것을 싹 무시하고, 자신이 혹 불이익을 당하지는 않았을까 노심초사하는 연애 놀이는 몇 번을 한들 행복이라는 종착역과는 한참 거리가 멀다. 그런 연애는 분노와 절망만 남기는, 어리석은 행위의 반복에 불과하다.

소설의 주인공만큼이나 연애 사건이 많았다는 둥, 사랑에 목숨을 걸었다는 둥 자기 자랑을 늘어놓아 본들 듣는 이만 불쾌해질 따름이다. 가는 세월은 이길 수 없으니, 문학청년인 척 할 수 있는 시간은 금방 지나가 버린다. 검버섯과 주름과 흰머리는 늘어나고 행동은 굼뜨고 패기는 사라진다. 미모와 체력이 쇠퇴하고 기력이 떨어져 혼쭐이 난다. 아등바등하면 할수록 추악한 인간성과 끔찍한 삶의 모습이 백일하에 드러나, 그 비참함이란 도저히 떨쳐 낼 수가 없다.

그런데도 연애에 평생을 바치겠다느니 하는 유의 말을 좋아하고, 그 가치관 하나를 끌어안고 자신과 타협하려는 자가 끊이지 않는다.

달리 이렇다 할 목적이 없고, 노력도 하지 않고, 그렇게 이성을 거울삼아 자신을 위장하면서 구질구질하게 살아가면 썩어 빠진 자기 인생을 지울 수 있으리라 믿는, 지적인 불모 상태에 빠진 패배자들.

그들이 사랑에 얽힌 비속한 의견을 바탕으로 그 어떤 말을 하든, 가령 자신에게 열중하는 자유로움에 대해 말했다 한들, 그래 봐야 부끄러운 줄도 모르는 호색한에 쓰레기 같은 인간임을 선언하는 것에 불과하다. 그 어떤 말로 포장해 봐야 패배자라는 딱지를 떼어 낼 수 없는 공허한 인간임에는 변함이 없다.

그것은 피하지방과 당뇨병에 시달리는 추악한 식도락가들과 마찬가지로, 삶의 방식에 포함시킬 수 없을 만큼 추잡하고 인간의 위신을 실추시키는 삶일 뿐이다. 멋의 미학과는 전혀 상반되고 그저 동물적인 선택을 따른, 아니 동물도 못되는 생애이다. 게으르게 산 날이 쌓이고 쌓여 별 볼일 없어진 인생을 남녀 간의 정

사로 치장하면서 양념을 치고 변화를 주려 하는 것은 인간으로서 가장 저질적인 존재 방식이다. 특히 남자가 그 길을 선택하는 것은 어리석음의 극치를 보여 주는 것이며 무능의 증거가 아닐 수 없다. 그런 삶은 여자에게 의존해 살아가는 기생충 같은 인생이다.

정신을 바짝 차리고 이성과 지성을 무기로 싸우면 활기차게 살 수 있는 남자가 본능과 직결된 연애를 인생 최고의 목적으로 삼다니, 너무도 한심한 일 아닌가.

남자의 정욕은 욕망 중에서 겨우 한 부분에 불과하다. 젊음이 넘쳐 나는 청춘 시절에는 그것이 전부인 한때가 있다. 하지만 오래 지속되지는 않는다.

정상적인 성장 과정을 거쳐 어엿한 어른이 된 남자의 두뇌와 근육은 대부분 이 세상을 헤쳐 나가는 일과, 몸을 써서 처자식을 지키는 일에 무게를 두도록 만들어져 있다. 한마디로 남자는 일을 무엇보다 우선시한다. 늘 가족 전체를 배려하고, 주변을 경계하면서 닥쳐오는 이런저런 위험에 대처하고, 그런 일들에 몰두함으로써 생의 보람과 충만감, 쾌락 등을 느끼는 체질인 것이다.

이는 절대 남녀를 차별해서 하는 말이 아니고, 남자가 우위에 있는 사회를 용인해서도 아니다. 이미 알려진 남자와 여자의 차이를 그냥 지적했을 뿐이다.

서른 이후에는 사랑이 어렵다

솔직히 말해서, 연애가 연애답게 느껴지는 것은 고작해야 서른 살까지다.

그 이상이 되면 이미 연애와는 다른 것이 되고 만다. 물론 당사자의 생각은 다르다. 이것이야말로 어른의 사랑이라고 확신하고 자부심까지 느끼기도 하지만, 옆에서 보는 사람들은 그저 추잡하기만 한, 자신도 모르게 눈을 돌리고 싶어질 만큼 끔찍한 교미에 불과하다고 냉소할 뿐이다.

본인은 그런 상황에 만족하니 제삼자가 뭐라 말한들 소용없다는 것은 알지만, 그럼에도 말하지 않을 수 없다.

고작 그런 일이 아니면 인생에 변화를 줄 수 없는 것인가.

그 나이쯤 되면 그게 아니더라도 할 수 있는 일이 얼마든지 있지 않은가.

여자도 아니고 남자가 그렇게까지 추락하다니…….

가정을 파괴하면서까지, 일자리를 잃어 가면서까지 해야 할 일인가.

그러려면 인간으로 태어나지 않아도 좋지 않았는가.

그러나 불행하게도 연애에 미친 여자에게 그런 남자의 존재는 더없이 귀중하다. 가령 아무리 한심하고 아무리 어리석고 아무리 지질해도, 이 남자를 놓치면 두 번 다시 새로운 만남은 없을 것이다, 여자로서 삶은 없어질 것이라는 절박감에 쫓긴다.

그리고 마음 한구석에 웅크리고 있는, 쓰레기 같은 남자를 잡았는지도 모르겠다는 의심을 떨치기 위해 상대의 모든 결점을 장점으로 미화하고, 있는 정성 없는 정성을 다 쏟는다. 오직 버려지고 싶지 않은 마음에 한계가 넘도록 돈을 대고, 거기에서 비롯된 모든 난관과 역경을 사랑의 증거로 받아들인다. 너무도 애처롭고 어이없는 착각에 빠져서는 지금 사랑을 완성하는 중이라는, 사뭇 아름답게 들리는 말로 자신을 억지로 다잡는다. 하지만 결국은 몸과 마음이 모두 피폐해진 후에야 정신을 차리고 흔한 형태의 파국을 맞거나, 그렇지 않으면 자학적인 쾌락과 만족감과 함께 자기도취에 빠져 거짓과 환상으로 짓뭉개진 생의 막을 내리게 된다.

동물에게 있어 이성을 고르는 것은 지상 최대의 과제이다. 특히 수컷에게 중대한 일이다. 인생의 반려를 제 손으로 선택할 수 없다거나 그럴 마음이 전혀 일지 않는다면, 생물로서 치명적인 결함을 지녔다 하지 않을 수 없다.

그 목표를 실현할 수 있는 힘을 지닌 시기는 기껏해야 서른 살까지다. 이성에 대한 순수한 관심이 정점을 찍는 시기, 뭐가 뭔지 모른 채 반이성적인 감정과 충동이 거듭 활화산처럼 폭발하면서 연애를 하고 주변의 반대를 무릅쓰고 결혼도 했다면, 훗날 땅을 치며 후회한다 해도 그것이야말로 진정하고 순수한 사랑이었으니, 절대 이렇게 투덜거려서는 안 된다.

"인생 따위 엿이나 먹어라!"

9장

청춘, 인생은 멋대로 살아도
좋은 것이다

사람은 누구나 잠재적인 다양한 능력을 갖고 있다. 이를 스스로 발견하는 것은 자기 인생을 충실하게 하기 위해 빼놓을 수 없는 필수 조건이다. 발견을 할 수 있느냐 없느냐, 또는 그것을 찾아낼 마음이 있느냐 없느냐에 따라 삶을 위한 삶인지 죽음을 위한 삶인지가 뚜렷하게 갈린다.

이렇게 중요한 것을 학교나 가정에서는 진지하게 교육하지 않고, 그저 슬쩍 훑고 지나갈 뿐이다.

그렇다고 우주만큼이나 광대하고 복잡한 뇌의 세계로 파고들어 가, 다양한 능력 중에서 무엇이 자신에게 적합한지를 찾는 것은 정글이나 사막 지대 깊숙한 곳에 파묻혀 있는 미지의 고대 유적을 발굴하는 것 이상으로 어려운 일이다. 있는 힘을 다해도 발견되지 않는 경우가 많으니, 타고난 재능을 찾기 위해 평생을 소비하는 자도 적지 않다.

지난한 일이라는 인식과 각오 없이, 학업으로 매겨지는 단순하기 짝이 없는 성적과 친구나 지인의 무책임하고 표면적인 평가, 아직 얼마 살아 보지도 않고서 내린 결론, 거의 무의미한 자신의 취향 같은 것을 척도로 나라는 인간은 이 정도이니 이런 일밖에 할 수 없다고 단정한다. 그 때문에 실제로는 산처럼 많은, 사실상 무한한 가능성을 스스로 내던지는 젊은이가 너무 많다. 자신의 인생을 남의 것인 양 사는 것이 편해서 그렇다면, 그만큼 어리석고 아까운 일은 없다.

생각 좀 하고 살아라

생각하는 것을 꺼리고 싫어하는 것은 사람임을 스스로 포기하는 일이고, 자기를 타자에게 맡기는 꼴이며, 인간으로 태어난 가치가 없다고 외치는 것이다.

감정이나 동물적인 직감에 의지할 뿐 차분히 사고하는 것을 피하는 나쁜 버릇이 들면 합리성을 멀리하므로, 결국은 터무니없는 실패를 불러들이게 된다. 약한 인간에게 유일무이하고 강력한 무기인 그 훌륭한 뇌를 그냥 썩히며 평생을 사는 자는 안이든 밖의 위기든 이겨 낼 수 없다. 자립 자존의 길을 개척할 수도 없으니 쉽지 않은 인생에 곧바로 짓뭉개져, 현재는 물론 미래에도 계속 패배의 쓴맛만 보게 된다.

결국은 세상과 필요 이상 교섭하고, 어리석은 자들끼리 서로 의존하는 식의 너저분한 인생을 살아, 자기 고유의 운명을 사는 일 없이 세상을 뜨고 만다.

근대에 들어 사용하게 된 '눈부신 과학의 발전'이라는 말 때문에 마치 이 우주 구조의 대부분이 해명된 듯한 인상을 받기 쉬운데, 실제 과학은 여전히 유치한 초기 단계를 벗어나지 못하고 있다. 전체로 보면 겨우 몇 퍼센트를 파악하고 있을 뿐이다. 아니 그 이하라고도 할 수 있다. 새롭게 발견된 것이 있으면 그에 몇 배나 되는 수수께끼가 다시 출현한다는 사실에 그저 아득할 뿐이다.

즉 우리 뭇 생명은 뭐가 어떻게 돌아가는지 도무지 알 수 없는, 기기묘묘한 세계에서 살고 있는 것이다. 양자역학의 세계에서는, 이 세상이 실제로 존재하는지조차 의심스럽다고 주장하는 학자도 있을 정도다.

그런 우주와 마찬가지로, 두뇌의 작용과 구조 또한 그로테스크할 정도로 불가사의하다. 뇌과학자들이나 심리학자들이 파악해 낸 사실 따위는 그야말로 하찮은 일부다. 아직도 미지의 영역이 많이 남아, 뇌의 구조와 작용은 물론이요 활용 방법도 알 수 없다.

상황이 이러한데, 그리도 단순한 자기 판단으로 모처럼의 인생 범위를 극단적으로 좁히고 천명을 성급하게 결정하는 것은 안타깝기 그지없다. 스스로 자기라는 존재를 말살하는 행위다.

하물며 좋아하거나 싫어한다는 단순한 이유로 적합과 부적합을 판단하고 재능의 유무를 단정하는 것은 위험하기 짝이 없다.

좋아한다고 생각해서 시작한 일도 어느 수준에 이르면 실력이 정체된다. 결국 그 방면에 재능이 없었다는 사실만 절실하게 깨닫는 경우도 많다.

또는 반대로 싫어 시큰둥하게 시작한 일이 의외로 성격에 맞아 놀라운 진보를 이루고, 어느새 선두에 서는 존재가 되는 경우도 적지 않다.

또 좋아하지도 싫어하지도 않지만 먹고살기 위해 꾸역꾸역 해 왔는데, 세월이 흐른 후에 잠자고 있던 재능이 갑자기 꽃을 피우는 예도 있다. 마치 다른 사람이 된 것처럼 집중하고 분투해서 천직이라고 자부하는 선까지 이르는 것이다.

그런가 하면 이리저리 부는 바람에 날려 떨어진 마른 낙엽처럼 거의 우연히 재능이 불쑥 꽃피는 일도 있다.

요컨대 자신을 스스로 단정하면 단정할수록 정답에서 멀어질 뿐, 무슨 일이든 직접 부딪쳐 보지 않고는 알 수 없다는 얘기다.

다 도전해 보라고 젊음이 있는 것이다

아직 아무것도 시작하지 않았고 이런저런 고민도 해보지 않았는데, 거의 아무런 근거 없이 단순히 이미지만으로 나는 이런 인간이라고 단정하는 것은 오류의 근원이다.

자신 속에 어떤 보물이 잠들어 있는지는 아무도 모른다. 자신도 모른다. 그 보석이 하나뿐이라고도 할 수 없다. 몇 개가 숨어 있을지 모를 일이다. 그러나 하나라도 발견할 수 있다면 대단한 것이다. 평생을 들여 그 보석의 원석을 갈고닦을 수 있느냐에 삶의 진가가 있다. 그 외는 제대로 살고 있는지 의심할 수밖에 없는 무의미한 인생이다.

그러니 이제 싫고 좋음이나 자기류의 해석은 모두 무시하고, 온갖 일에 도전해 보면서 자기 안에 소리 없이 숨겨져 있는, 곤히 잠들어 있는 재능을 발굴해야 하는 것이다.

그것은 자신의 운명을 새로이 발견하는 생의 목적과 직결되는 위대한 행위이며, 젊었을 때 반드시 해야 할 일이 있다면 다름 아닌 그것이다.

젊음이란 그 때문에 있는 것이다.

성적이든, 싫고 좋음이든, 타자와 비교해서 얻은 것이든, 과거나 선배에게서 얻는 지침이든 이런 것은 모두 극히 일부의 판단 재료에 불과하다. 결코 전부일 수 없다.

한마디로 자신을 발견할 기회는 늘 변화하고 새로운

나날 속에, 온갖 곳에 무진장하게 널려 있다는 얘기다.

그런데 심히 안타깝게도 이 나라에는 삶의 공식이 단 하나밖에 존재하지 않으며, 젊은이들이 자신의 가능성을 탐색할 시간도 거의 주지 않는다.

학교를 졸업하면 바로 취직한다. 게다가 그 직장에 오래 헌신하는 것을 미덕으로 여기고, 그렇게 하는 것을 불변의 이념으로 받아들이고 말았다. 이 때문에 많은 젊은이가 정해진 틀에서 벗어나는 것에 강박관념 비슷한 불안을 느끼고, 무의식중에 안정을 최고의 목표로 삼게 되었다. 결국 가장 중요한 인생의 초기 단계에 이미 다른 길은 봉쇄되고 만 것이다.

이런 사회 구조 속에서 젊은이들은, 확답을 찾을 여유 없이, 기한에 떠밀려 어쩔 수 없이, 가슴이 짓눌리는 답답한 조직에 헐값으로 자신을 팔아넘긴다. 꼭대기에 있는 타자의 의지를 억지로 강요할 뿐인 집단에 소속돼 보람도 없는 일에 몸을 맡긴다. 약육강식이란 말이 날뛰고 증오와 공포가 격렬하게 소용돌이치는 세상에서 무기력하게 떠다닐 수밖에 없는 타인들 속으로 편입되는 것이다.

그런 행위는 스스로의 존재 이유를 불속에 내던져 버리는 것이나 다름없고, 정신의 생명이 끝났음을 뜻하기도 한다.

176

젊어서 이미 죽을 준비를 끝낸 보통 사람들은, 자기보다 뛰어난 자와 만날 일이 거의 없고, 오래 눌러앉아 있어 봐야 성취감은 털끝만큼도 얻을 수 없으며, 불굴의 정신 따위도 전혀 필요하지 않은 그런 잿빛 코스를 밟는다. 그리고 그 길에서 튀어나와 이탈한 자들을 고립적이고 가엾은 존재로 간주한다. 낙오자 또는 이상한 사람 취급하고 경멸하는 것으로 자신의 하잘것없는 위치를 옹호한다. 가능성이 무한한 자립의 길을 완강히 외면하고서 보통의 평범한 코스밖에 걷지 못하는, 하강과 추락으로 점철된 인생을 두서없이 변명한다. 만성적인 무력감에 시달리다 원래는 훨씬 더 풍요롭고 훨씬 더 충실하고 훨씬 더 변화무쌍했을 인생을 슬프고 처량하게 마감한다.

국가는 골 빈 국민을 좋아한다

사실 국가를 소유한 특정 소수에게 젊은이들이 이렇게 안타까운 형태의 미래를 선택해야 하는 것은 더없이 좋은 조건이다.

왜냐하면 자신의 가능성을 조금도 탐색하려 하지 않고, 자기 존재를 전적으로 책임지는 길을 거부하고는 망설임 한 번 없이 순순히 노예의 길에 몸을 맡김으로써 스스로 거세 수술을 한 가축임을 단순명료하게 선언한 것이나 다름없기 때문이다. 지배층으로서는 그만큼 다루기 쉽고 제어하기 쉬운 존재가 없다.

악랄한 지배계급에게 이런 젊은이들은 자신들의 영역이 무너지지 않고 자신들만의 황금시대가 지속될 수 있음을 증명하고 보장하는 것이자 최상의 봉이다. 자신의 의지로 삶의 목표를 세우려고 하지 않고 그다지 저항도 하지 않으며 결정적으로 자신이 피지배자 쪽에 있는 것에 대해 의문을 품지도 않는 자는, 언제든 마음대로 부려 먹을 수 있고 전 생애에 걸쳐 이용해 먹을 수 있기 때문이다.

우연으로 가득한 일상에서 사고력을 마음껏 발휘하는 것은 인간으로서 아주 당연한, 아니 산 자의 사명이라고도 할 수 있는 근원적인 권리다. 그것을 방기하는 것은 피가 있고 살이 있는 인간이 할 짓이 아니다.

이들의 앞날에는 시키는 대로 움직이는 로봇, 무기력한 정신 때문에 일용품처럼 가볍게 취급할 수 있고 충성을 활용할 수 있으면서도 편리한, 쓰고 버릴 수 있는 노동자의 삶이 있을 뿐이다.

이들은 깨질 것이 뻔한 천박한 꿈을 좇고, 자신을 위한 노력도 고뇌도 필요하지 않은 어디까지나 피상적인 안정의 나날에 안주한다. 급기야 어리석어 빚어진 잘못을 피하지 못해 황량한 생애를 보낼 수밖에 없는 속물 중 한 명으로 추락한다.

그리고 국가에 바람직한 영향력을 행사하고 있다고 자부해 마지않는 지배층의 빈대가 되어 거짓으로 가득한 생을 영위한다. 겉모습은 어른이 되어 가지만, 그동안 혼에 둥지를 튼 싸구려 허무로 인해 활력은 멈추어 버린다. 타오르는 듯한 분노를 담은 정의에서도 점차 멀어지고, 스스로에게 엄격하게 부과하던 과제도 줄어들며, 인간적인 면도 점차 퇴화되어 '반신불수'의 몸이 된다. 표정은 현재의 자기 모습에 만족하는 것처럼 짓고 있지만, 미래를 슬금슬금 엿볼 때의 뒷모습에는 기이한 비참함이 감돈다. 그러다 끝내는 마음을 다잡아 분발했으면 꽃피었을 귀중한 인생을 갑작스럽게 찾아온 파국처럼, 불쑥 고사시켜 버리고 만다.

두개골 안에 꽉 들어차 있는 것은 과연 무엇인가.

곰팡이가 피어 버릴 수밖에 없는 된장인가.

더 멋지게, 더 인간답게 살기 위해 반드시 필요한 지혜의 샘이 바로 뇌라는 것을 잊었는가.

아무리 애써도 다 쓸 수 없는 양의 뇌를 갖고 있는 이유에 대해 생각해 본 적이 있는가.

사람은 생각하기 위해 태어나고, 생각함으로써 생명을 불태우고, 생각하기에 존재 의의가 있다. 이 확고하고 엄연한 진리를 묵살할 작정인가.

직관만 의지할 뿐 생각하기를 포기한 인간은, 인간이기를 포기한 셈이다.

헤치고 들어가기 어려운 뇌의 깊숙한 곳까지 들어가 그 무한한 힘을 최대한 가동해, 지울 수 없는 자아와 자아를 둘러싼 세계를 명확하게 인식하지 않으면, 곧바로 지적인 기능은 쇠퇴해 결딴나고 만다. 끝내는 자신이 자기 인생의 주인이라는 아주 당연한 자각조차 할 수 없게 된다.

또 세상과 떨어져 있고, 진심이 변치 않는 성실하고 훌륭한 인물과 만날 수 없다. 따라서 경청할 가치가 있고, 생각하며 살도록 도와주며, 유익하고 위엄에 찬 말과도 조우할 일이 없다.

인간이라면 생각하고 생각해
재능을 찾아야 한다

개인의 자유 거의 대부분을 억압하는 잔인한 사회에

서, 아무런 각오 없이 학생 시절의 연장선에 있는 기분으로 누가 어떻게 해 주겠지 하는 기대감에만 기대어 무모하고 어리석은 행동을 저지른다면 그 순간 인생은 무너져 버린다.

그것은 항변의 여지가 없는 명백한 사실이다. 그러므로 그런 행동은 젊음의 깊은 곳에서 콸콸 샘솟는 활력을 고갈시키고 온갖 가능성을 검게 물들이는 독기가 피어오르는, 지나서는 절대 안 되는 밀림 속의 위험한 길과 같다.

무적의 무기인 원대한 목적을 품으려 하지 않고, 누구도 사랑도 미워도 하지 않으며, 비굴한 신조와 영악한 사려분별에 매달리고, 눈앞의 야욕만 보며 사는 자는 자신의 수명을 손가락으로 꼽을 뿐인 인생을 보낼 수밖에 없다.

생애를 다 바쳐도 좋을 만큼의 궁극적인 목표와 목적은 환영 따위가 절대 아니다. 차분히 기다리고 말없이 시시각각 관찰하는 끈질김만 잃지 않는다면, 반드시 찾을 수 있고 언젠가 만날 수 있는 현실 자체이다.

전심전력으로 노력할 가치가 있는 목적을 향해 길 아닌 길을 걸어가는 자에게 온갖 장소는 보고일 수 있다.

또한 목표 중의 목표, 목적 중의 목적은 온 정력과 인생을 쏟아 부어도 발전과 진보가 멈추지 않을 만큼 심오한 것이어야 한다. 게다가 아무도 발을 내딛지 않은 미지의 세계와 통하는 것이어야 한다.

한 번 그것을 발견하고 그 길에 발을 디딘 자는 거짓 삶과 진정한 삶을 구별할 수 있다. 나아가 수많은 사람이 혈안이 되어 추구하는 행복, 즉 단순히 본능을 만족시키기 위한 공허한 충만감 따위는 상대하지 않게 된다.

그리고 어디까지나 타인과의 비교 속에서 결정되는 이른바 '아름다운 추억'이라는 터무니없는 환상으로 자기 삶을, 또는 자신의 죽음을 위로하는 태도에서도 단숨에 벗어난다.

그런 후에야 청춘 시절이 열리면서 시작된 '바람직한 정념이란 무엇인가?' 하는 물음에 대한 확고한 해답을 얻을 수 있고, 비애와 쾌락의 황홀한 한순간으로 자신을 치장하는 것이 실은 인간적인 행위가 아니라는 것도 분명하게 깨닫는다.

그리고 목표와 목적을 찾기 위한 재능을 스스로 긴장을 늦추지 않는 각고의 노력으로 갈고닦는다. 더 몰두해 핵심에 가까이 다가갔음을 자각했을 때, 그렇게 집요하게 따라다니며 사람을 꼼짝 못하게 하던 고독에 증오심을 품지 않게 된다. 더없는 환희의 샘을 얻었다는 사실을 깨닫는다. 고독이야말로 친애하는 친구였다는 것을 알게 된 것이다.

자신을 한 마리 벌레로 여기지 않아도 될 만큼 위대한 목적을 지니지 못한 자는 평생 모순에 찬 고독에 시달리다 못해 고독을 사악하고 골치 아픈 적으로 돌려버린다. 유아론을 부정하다 지쳐, 경제적 번영이라는 황량한 정원 한구석에 웅크리고 만다.

그 괴로움에서 어떻게든 벗어나려고 친구와 지인으로 칭해지는 타인에게 도움의 손을 내밀고, 그런 잠깐의 사교 속에서 기분 전환을 한다. 자기변호의 궤변을 안이하게 늘어놓고 오가는 술잔에 취하지만, 있는 곳을 어디로 바꿔 본들 임시 거처의 답답함에서 벗어날 수는 없다.

언제 또다시 고독이라는 함정의 문이 열릴지 모른다는 참기 어려운 현실을 도저히 몰아내지 못해 끝내는 허세로도 감당할 수 없을 만큼의 고독지옥에 던져진다. 그리고 공포에 사로잡혀 한탄스러운 생명의 기반 위에서 오도 가도 못한 채 파멸적인 결말로 미끄러지고 만다.

자신의 운명이 거기에 있다고 단언할 수 있을 정도의 목적을 찾으려 하지 않고, 언제까지나 쉽고 편리함으로 흐르는 삶에 몸을 숨기고, 오직 자신의 그림자를 좇으며 욕정에 몸부림치는 자. 명령을 내리는 자들의 독단적이고 음산한 목소리와 군사를 뒷배로 삼은 국가

권력의 야만적인 목소리에 일일이 겁을 내거나 거기에 길들어 몸과 마음을 잔뜩 웅크리고 불안과 일시적인 안식이라는 출구 없는 미궁을 끊임없이 헤매는 자. 이들이 필사적으로 뇌리에 그리는 유토피아적 세계는 사람을 영원히 미혹하게 하는 신기루이며 아지랑이이다. 부끄러워해야 할 행복감 이외의 아무것도 아니다.

이들은, 진정한 기쁨을 희생해 가며 구질구질하게 살다 보면 생각지도 못한 빛이 비칠 날이 올지도 모른다는 헛된 희망에 매달린다. 기적적인 예외를 기대하면서 복권과 각종 도박에 손을 대고, 우연히 참된 목적을 품고 노력을 게을리 하지 않는 자를 보면 재빨리 눈길을 돌린다. 그런데도 그들이 보일 때는 음산한 저주의 말을 내뱉거나 '붙임성이 없는 녀석'이라느니 '인생의 즐거움을 내던진 딱한 녀석'이라는 천편일률적인 평가를 하면서 시야에서 배제하려 한다.

그러나 그들이 제아무리 오랜 세월 염치없는 기대를 해 본들 꿈같은 운명과 만날 일은 절대 없다. 자신의 인생을 낭비하며 회한에 젖고 한없이 비통해하는 어리석은 자일 뿐이다. 그들은 삶의 참맛을 만끽할 수 있었는데도 이 세상의 모든 것이 불가해하고 비현실적이었다는 안이한 결론을 내리고는 형이상학적인 망상에 사로잡혀 일찌감치 현세에서 눈을 돌린다.

인생은 멋대로 살아도 좋은 것이다

진정한 목적을 지닌 자는 타인과 교류하는 것을 성가셔 한다.

투신할 만한 가치가 있는 목표가 생긴 순간 시간이 귀중해져 인간관계를 꼭 필요한 범위로 좁힌다.

고독하고 암담한 쪽은 이들이 아니라, 타인과 맺은 끈끈한 관계를 끊지 못하는 목적 없는 인간들이다. 타인과 불필요하게 교제하면서 유난히 밝은 척하거나 오기를 부리지 않으면 불안해 하는 인간들이다.

만약 태어나기 이전에 태어날 확고한 의미와 흔들림 없는 목적이 마련되어 있었다면, 사람은 그 의미와 목적의 노예가 되어 오히려 그것들을 잃고 말 것이다.

의미도 목적도 주어지지 않는다는 것은 즉, 스스로 찾을 수 있다는 의지의 자유로움이 존중된다는 뜻이며, 의지의 세계에는 정해진 것이 없다는 뜻이기도 하다.

요컨대 스스로 그것들을 발견하면서 멋대로 사는 것이 좋다는 영원한 암시인 동시에, 그렇게 하지 않으면 사는 의미가 없다는 경고이기도 하다.

이렇게 멋진 조건과 권리는 없다.

그럼에도 귀찮다고 내던지고서는 타인의 목적을 위해 일하고, 타인의 목적이 달성되느냐 마느냐를 팬의

한 사람인 양 성원하며 거짓 감동에 취한다. 그런 식으로 인생을 흘려보내는 게으른 선택밖에 하지 않는 자는 태만과 기만의 독에 오염되는 악순환 속에 갇힌다.

그들은 죽을 때까지 자신이 어떤 인간인지를 모르고, 인생의 목적을 찾는 데서 오는 기쁨도 모른다. 삶의 목적이라는 아주 중요한 책무를 방기하고, 고뇌를 위한 고뇌로 끝날 수밖에 없는 좁은 길을 가기가 괴로워 그때그때 방종한 쾌락을 추구하며 그것을 사는 목적이라고 착각한다. 거기에서 발생하는 혼란을 늘 변화하는 인생의 허망함이라고 믿고, 지적 변모를 꾀하기는커녕 태어났을 때보다 한층 격이 떨어진 처절한 패배자로 변해 버린다.

그러고는 주위 사람들이 보내는, 또는 자신에게서 배어 나오는 연민에 빠져 모기 우는 소리로 슬쩍 이렇게 중얼거린다.

"인생 따위 엿이나 먹어라!"

10장

동물로 태어났지만
인간으로 죽어라

한창 청춘기인 원기 왕성한 젊은이들은 하루를 10년처럼 1년을 영원처럼 길게 느낀다. 그들은 생명의 빛나는 옷을 벗는 일 따위는 절대 없으리라는 확신에 차 있다. 그 과도한 충만감 때문에 갑자기 닥친 가까운 친척이나 친구, 이웃의 죽음을 살날이 얼마 안 남은 노인들보다 몇 배 아니 몇십 배는 더 심각하게 받아들인다.

마치 부당한 저지라도 당한 것처럼, 또는 깎아지른 절벽으로 이어진 막다른 길로 몰린 것처럼 충격과 굴욕감을 느낀다. 그리고 인생의 전체 양상이 의도한 것과는 다르지 않은가 하는 편협한 생각에 사로잡혀, 삶을 추구하던 자에서 죽음의 노리개로 변해 버린다.

그러나 그것은 인생의 모든 단계에서 감수성이 가장 아름다운 시기에 있기 때문에 느끼는 공포감이다. 잃을 것이 너무 많고 커 느끼는 전율이다. 또 거의 유일한 실상이며 파악하기 어려운 현실인 죽음을 용인하는 것에 대한 혼란과 저항이기도 하다.

한편으로는 넘치는 젊음과 마력적인 열정 때문에 죽음을 먼 저편에 희미하게 보이는, 있는지 없는지 모를 숙명으로 낙관한다. 다른 한편으로는 죽음이 아주 가까이에 있다는 생각에, 어떻게 산들 결국은 죽음으로 끝난다는 어두운 진리 앞에서 어쩔 수 없이 우울에 빠진다. 사는 것을 주저하고, 생명에 대한 의심에 시달리면서 바람을 가르며 활보했던 어제와는 전혀 달리 몸을 바짝 낮추고 눈을 내리까는 횟수가 늘어난다.

그러다 끝내 삶은 부패로 향하는 허망한 과정에 불과하다고 단정해 버린다. 어차피 모든 것은 무의미한 한순간의 꿈으로 끝날 터이니, 감당하기 어려운 무거운 짐을 잠시나마 잊게 해 주는 찰나의 쾌락으로 채색된, 재미나는 길을 걷는 편이 현명하다는 답으로 마음이 기운다.

인간은 태어날 때부터 타락한 존재라는 해석에 끌리고, 내적 생명의 원동력인 이성과 지성으로 사는 것을 하찮게 여기는 마음이 순간 불거져 욕망이 이끄는 대로 안주하며 살아간다.

일단 그렇게 네 발 달린 짐승처럼 대지에 웅크리고 사는 것을 용인하고 나면 신념을 지키며 살아 보고 싶다는 동경을 불쾌하게 여기고, 그렇게 사는 사람들을 관념에 사로잡힌 어리석은 자라며 증오하고 경멸한다. 그에 반비례하듯 양심의 목소리는 작아지고, 정상적인 사람으로서의 신뢰감을 급속히 잃어 간다.

그런 나머지 악을 식별하지 못하게 되고, 인간만이 할 수 있는 삶의 목적을 향해 매진하고 혼의 정수에 집중하는 것을 진부하고 우스꽝스럽고 어리석은 짓이라 깎아내린다. 그러고는 약물이나 술과 방사와 도박과 범죄 등으로 정신을 흩뜨린다. 저녁노을과도 같은 한 순간의 현란한 아름다움에 매료된 후에는 어둠의 세계로 빨려 들어가 나락으로 떨어진다. 그곳을 정든 둥지처럼 느끼게 되는 날에는 고통을 즐기는 자학적인 인간으로 변해 젊은 나이에 불우한 최후를 맞는다.

죽음에 대한 두려움은 통과의례

시간은 끊임없이 흐를지 모르나 자신은 그렇지 않다는, 죽음에 대한 인식이 굳어지면서 처음에는 그리도 찬란하게 빛나고 터져 나갈 듯했던 젊음에 구멍이 뚫리고 그만큼 희망을 공상하는 자유는 훼손된다.

그 순간 운명의 도처에서 허무를 느끼고, 전심전력을 다해 사는 것이 희망의 낭비에 불과하다는 부정적인 사고에 마음이 쏠린다. 열광적인 것은 본능 속에만 존재한다고 단정하고는 이런저런 번뇌를 강력한 지원자로 내세운다. 그리고 그것을 계기로 마치 악몽의 미로에서 헤매는 것처럼 혼탁해지기 시작하는 것이다.

그렇게 되면 경망스럽고 유치하며 더 강한 자극을 찾아 온갖 시도를 마다하지 않게 되고, 그것이 버릇이 되어 사색을 멀리하고 경멸하게 된다. 찰나의 황홀감이

지성에 쐐기를 박고, 세상을 향해 욕설을 퍼붓는 횟수가 늘어나며, 삶과 죽음이 돌고 돈다는 영원불변한 진리와 그 헤아릴 수 없는 의미를 경시한다. 차분하고 정숙한 나날에 불쾌감을 느끼는, 성급하고 저열한 인간으로 전락한다.

마침내 사는 것을 하찮게 여긴 정신은 명료함을 잃어 붕괴되고, 불순한 것과 순수한 것도 구별 못해 자신도 모르게 마음은 황량해진다.

그리고 앞날이 불투명한, 청춘이라는 어려운 시기를 이겨 내지 못한 일부 젊은이는 일말의 자존심과 허영심이 뒤섞여 한껏 비뚤어지고, 다른 누구도 아닌 자신의 인생이라는 자각을 잃어버릴 만큼 파괴된다. 그로 인해 편벽한 사람을 넘어 광기에 사로잡혀 스스로 죽음을 택하는 자가 되거나 그 성격을 고치지 못하고 타인의 피를 원하는 자가 되기도 한다.

그러나 그런 예는 아주 예외적이다. 어쩔 수 없는 수치의 흔적은 남기더라도 보통은 통과의례로 별 탈 없이 거치고, 분별력 있는 선량한 어른으로 성장해 간다.

즉 장엄하고 웅대한 현세의 전 영역에서 북적거리는 다양한 형태의 죽음에 압도되어 움츠리고, 자신의 생을 비하하며, 죽음을 난해하기 짝이 없는 문제로 받아들여 나약해지는 시기는 극히 한때에 지나지 않는다.

그렇게 비감한 색으로 물들었던 절망적인 나날도 넘치는 혈기에 짓밟히고 폭발적인 젊음이 곧장 활력을 되찾아 몸과 마음이 강해진다. 다시 산다는 것이 기쁨으로 바뀐다.

이제 죽음을 어떻게 받아들일 것인가 하는 노인네 같은 발상은 단박에, 길모퉁이에서 우연히 마주쳐 가볍게 인사하고 지나치는 지인이나 깊은 밤에 스쳐 지나간 배처럼 무관한 것으로 변하고, 죽음을 이겨 낼 자신감도 얻는다.

이렇게 하여 멀리서 찾아온 초대하지 않은 손님인 죽음의 신은 젊은이들의 미숙하고 파릇파릇한 혼에 치명적인 타격을 가하지 못한 채, 교훈적인 대사 몇 마디만 남기고는 어딘지 모를 곳으로 돌아간다.

삶은 쟁취하고,
죽음은 가능한 한 물리쳐라

정신적 갈등은 겪었을지언정 광기를 비켜 간 젊은이는 그 시기에 정도의 차는 있더라도 마음을 통찰하는 사람이 된다. 가슴속에서 울려 퍼지는 '조심하라'는 목소리를 들으면서 어떻게 살아야 할지에 대해 고민하며, 적어도 자신을 기만하는 행동은 하지 말자고 다짐한다.

그러다 시간이 좀 흐르면 겁을 모르는 본성에 깊이 뿌리내린 반발심이 고개를 쳐든다. 앞으로 가령 운명의 부침에 휘말려 눈앞에 파멸의 심연이 입을 쩍 벌리고 있는 사태를 만난다 해도 자신만은 죽음의 세계 사람이 되는 일은 없으리라는, 종교적인 맹신 그 자체인 실로 반가운 자각이 되살아난다. 더불어 더없이 빈한한 고장의 한 모퉁이에서 아무도 지켜 주는 이 없이 비명횡사하는 것은 아닐까 하는 비통한 상상도 흔적 없이 사라진다.

이제 된 것이다. 죽음은 다른 동물과 마찬가지로 인간에게도 움직일 수 없는 사실이며 진리다. 죽음이 더는 생의 절대적인 기반이 아니니, 때로 죽음을 떠올린다 해도 이전처럼 혼란에 빠지는 일은 없어진다. 푹 잠든 사이에 별다른 자각 없이 죽음을 맞았으면 좋겠다는 천진한 소망을 품는 정도로 죽음의 문제는 마무리된다.

그 후에는 생이 부동의 것이 되고, 생명이 전제적인 지배력을 아낌없이 발휘하여 우위를 점한다. 죽을 몸이라는 생각도 청춘의 찬란함과 다망함에 쫓겨 거의 사라진다. 나아가 자신이 두 발로 짓밟고 있는 따분하면서도 가혹한 현실을 나름대로 즐기는 자로 세상에 뿌리를 내리게 되면 인생에 대한 부정적인 생각은 꼬리를 감추고, 오늘을 살고 또 내일을 살 수 있다는 기쁨을 발견하게 된다.

그런 상태야말로 정상적이고 건전하며 균형 잡힌 정신 상태다. 고민해 봐야 소용없는 것들은 완전히 몰아내 실제로 존재하지 않는 것으로 치부하는 뇌의 메커니즘이야말로 사람을 사람답게 하는 특징이다.

고색창연하지만 여전히 설득력 있는 '죽음'이라는 숙명의 그림자에 겁을 먹고 그때마다 생의 일부가 훼손되어 앞날을 폐기물이 되기 위한 것으로 정의하고 자포자기하는 것은, 절대 삶을 헤쳐 나가려는 생명과 보편적인 혼을 지닌 자의 태도가 아니다.

죽음 앞에서 움츠러들어 이성을 포기하고, 얼어붙어 있는 것은 바른 길을 벗어난 태도다. 그것은 존재하기를 바라는 소망을 버린 것이나 다름없다. 무(無)의 배후로 숨는 일이며 이는 아직 죽지 않았는데 죽은 자로 행세하는 것이나 같다. 수많은 어리석음 중에서 이만한 어리석음이 없다.

삶의 노예가 되는 한이 있어도, 죽음을 좇는 자가 되어서는 안 된다.

오랜 시간 이어 온 삶을 무시하고 찰나에 불과한 죽

음에 집착하는 것은 너무도 바보스러운 짓이다.

생명의 친구는 어디까지나 삶이지 결코 삶에 부수적인 죽음이 아니다.

그러니 삶을 통해 죽음을 응시하는 것은 상관없지만, 죽음을 통해 삶을 바라보아서는 안 된다.

삶은 어디까지나 자신의 의지로 쟁취하는 것이고, 죽음은 가능한 한 물리치는 것이다. 그러기 위한 악전고투와 고생에야말로 생명의 가치가 숨겨져 있다.

부끄러운 것들을 끊임없이 불태워 버리고, 도덕적인 악인 부정을 한 꺼풀씩 벗겨 내고, 꽃이 흐드러지게 핀 초원에 섰을 때처럼 가볍게 나날이 새로워질 수 있는 것도, 무미건조한 세상에 안주하면서 변화 없는 일상에서 감동과 감명거리를 찾아낼 수 있는 것도 모두 살아 있기에 가능하다.

아무리 형편없는 삶이라도 함부로 내던져서는 안 된다.

왜냐하면 형편없다고 여기는 것 자체가, 또는 '인생은 알 수 없는 것'이라는 결론을 내리는 것 자체가, 이 세상은 살 만한 가치가 없다고 단정하는 것 자체가 바로 정신적 능력의 탁월한 소산이며 무엇과도 바꿀 수 없는 강점이기 때문이다.

훌륭한 생이란 없다

삶을 뜻한 대로 아름답게 꾸릴 수 있는 자는 결코 없다. 멈출 수 없는 생의 과정에서 발생하는 오류를 완벽하게 바로잡을 수 있는 자도 절대 없으니.

이 세상은 해결이 불가능한 것들로 가득하고, 신성시할 만한 강자에게 도움을 얻을 수 있는 기회도 없는 것이나 다름없으니.

훌륭하게 마친 일생이라는 말도 기교적인 표현에 지나지 않는다. 비참하지 않은 최후는 없으니.

이런저런 생각을 하고, 쉼 없이 존재 양식에 대해 사유하고, 고도의 양심과 특유의 악을 지닌 성가신 인간으로 태어난 사실이야말로 특이성을 갖춘 존재로서의 엄청난 의의가 담겨 있으니.

철학자가 뭐라고 하고 종교인이 뭐라고 하든, 또 양자역학 박사가 뭐라고 하든 실제로 지금, 심히 원치 않는 형태이기는 하나 아무튼 이렇게 틀림없이 존재하는 자로서 달리 무슨 말을 할 수 있을까.

'죽음을 조절하며 살라'고까지는 하지 않겠다.

'삶을 숭고한 것으로 추앙하고, 그 위대한 사명을 다하라'고도 말하지 않겠다.

그러나 젊음의 밝은 빛이, 미쳐 날뛰는 허무 따위에

가려지지 않게 하려면 그 정도 뻔뻔함이 필수 조건이며, 자살을 배격하고 자주 자립의 길을 개척하기 위해서도 그 정도 패기는 반드시 있어야 한다.

물론 살다 보면 밤하늘의 아름다운 별의 수에 비해 감동과 위로를 주는 일은 적고, 정신을 망가뜨리고 모처럼 갈고닦은 혼을 흐리게 하는 일도 수없이 많다. 이처럼 혼탁하고 수심에 찬 세상을 살면서 죽음을 과소평가하는 것은 경솔하다. 죽음은 마지막 카드가 될 수 있는 절대적이고 결정적인 힘을 갖고 있다.

온갖 노력을 하고 한계에 이르도록 분발했지만 불행하게도 사회적으로 열등한 위치에 놓여 혹독한 소외감에 괴로워하는 사람. 삶 자체를 잔학한 것으로 여겨 스스로를 기결수로 재단하고 끝내는 세상이 자기를 환영하지 않는다고 자포자기한 사람. '이제 이것으로 끝'이라고 웅얼거리면서 죽음에 매료되는 그 심경을 이해 못할 바는 아니다. 밀려오는 세월의 파도에 주름이 펠 정도로 오래 살았고 수치와 어리석음 사이를 오갔던 인간이라면, 태곳적부터 현대까지 면면히 이어 온, 그야말로 인간 고유의 최종적 해답인 자살을 다짐할 수 있다. 저 세상에 가 무거운 짐을 내려놓고, 모든 굴레를 훌훌 벗어던지고 단숨에 편해지려는 그 마음이 족히 이해된다.

계속 살아가야 한다는 것이 지겹고 그것을 용인할 수 없으며, 그렇게까지 열심히 살아야 하는 것이 어딘가 이상하다고 생각할 만큼 사면초가에 처한 경우에는, 비록 그가 남들 눈에 상당히 부러울 만큼 윤택한 인생을 보내고 있더라도 충분히 자살을 생각할 수 있다.

따라서 스스로 죽음을 갈망하는 것은 다른 사람을 길동무로 삼지 않는 한 당사자의 마음이라 타인이 뭐라고 할 문제가 아니다.

그리고 자살은 어리석은 자가 얻은 해답이든 현명한 자의 선택이든 상관없이, 다른 생물에게서는 볼 수 없는 인간 고유의 특징이고 이 때문에 가장 인간다운 행위라고 할 수 있다.

무엇보다 자살만큼 대놓고 본능을 거역하는 것은 없다.

그런데 문제는, 온갖 부담과 스트레스에서 해방될 수 있다고 믿는 크나큰 전제이자 심신이 지칠 대로 지친 자가 강구해 낸 방편으로서 이상향인 저 세상이 과연 실제로 존재하느냐이다.

많은 종교가 천국과 지옥이라는 대조적인 가공의 세계를 창조했다. 그리고 오랜 세월에 걸쳐 그 간극을 과장하고, 권력자들처럼 당근과 채찍을 교묘하게 번갈아 사용하면서 무지하고 무능한 약자들을 마음대로 조종

해 왔다.

그 나쁜 영향이며 후유증인 환영에 우롱당하거나 세뇌되어, 없는 세계를 있다고 굳게 믿고서 무심히 스스로 죽음을 택했다면 그 행위는 죄 사함을 위한 고행보다 몇 배, 몇십 배 더 어리석다.

또 괴로운 나머지 막연한 이미지로만 아는 사후의 세계를 동경하여 어쩌면 그 안락한 세계로 도망칠 수 있겠다는, 겨우 그 정도의 유아적인 생각으로 자살을 감행한다면 그 도박은 몹시 무모한 짓이라 하지 않을 수 없다.

가령 이 우주와 다른 우주가 실제로 존재하고, 이론 물리학이 주목하는 평행 우주(패럴렐 월드)가 그곳이라고 해도, 그 세계가 천국이나 극락처럼 영원한 사랑과 평화와 안정으로 넘치는 곳인지 아닌지는 알 수 없다. 어쩌면 지옥보다 더 가혹한 세계일지 모르고, 또 어쩌면 이 세상과 엇비슷하게 마음고생과 억압과 종속과 차별과 병폐와 위선이 지배하는 고약하고 슬픈 공간일지도 모른다.

그저 단순히 완전한 무로 돌아가고 싶다는 이유로 자신의 목숨을 억지로 정지시킨 자. 최후의 순간, 어쩌면 거기에서부터 진정한 생이 시작될지도 모를 천재일우의 기회를, 끝이라고 여긴 그 지점에서 다시 삶이 시작될 좋은 기회를 놓치고 만 것은 아닐까.

동물로 태어났지만 인간으로 죽어라

나는 칠십 가까이 살면서 절체절명, 고립무원, 사면초가 등의 궁지에야말로 명실상부한 삶의 핵심이 숨겨져 있음을 느꼈다. 그 안에서 필사적으로 몸부림치는 과정에야말로 진정한 삶의 감동이 있다고 확신했다.

한 번 그 맛을 알고 나면 이성으로 자신을 계몽하면서 나아간다. 갖은 고난과 역경을 굳이 배척하려 하지 않을 뿐만 아니라, 오히려 그런 상황에 단호하게 대항하는 것에 삶의 참된 가치가 있음을 깨닫고 '자기 의존'이야말로 궁극의 목적이라는 것도 알게 된다.

마음의 나태를 가벼이 여기고 행동으로 이어지지 않는 지식을 열심히 쌓아 올리는 것은 지성에 의존하는 것이 아니다.

동물로 이 세상에 태어났지만, 맨 마지막에는 정신을 스스로 고취할 수 있는 인간으로 떠나야 비로소 고상한 인생이었다 할 수 있을 것이다.

영원히 살아남을 수 있는 것도 아니고 어차피 죽을 몸인데, 왜 그렇게까지 겁을 내고 위축되고 주저해야 하는가.

자신의 인생을 사는 데 누구를 거리낄 필요가 있는가.

그렇게 새로운 마음가짐과 태도를 무기로, 애당초 도리에 맞지 않고 모순투성이인 이 세상을 마음껏 사는 참맛을 충분히 만끽해라.

약동감이 넘치는 그 삶을 향해 저돌적으로 나아갈 때 드높이 외칠 말은, 바로 이것이다.

"인생 따위 엿이나 먹어라!"

인생 따위 엿이나 먹어라

초판 1쇄 발행 2013년 10월 30일
개정2판 1쇄 발행 2024년 11월 29일

지은이 마루야마 겐지
옮긴이 김난주

펴낸곳 (주)바다출판사
주소 서울시 마포구 성지1길 30 3층
전화 02 - 322 - 3675(편집) 02 - 322 - 3575(마케팅)
팩스 02 - 322 - 3858
이메일 badabooks@daum.net
홈페이지 www.badabooks.co.kr

ISBN 979 - 11 - 6689 - 311 - 7 03800